Judy Blume • Tigerauge

OMNIBUS

DIE AUTORIN

Judy Blume wurde in New Jersey geboren. Dort wuchs sie auch auf, später zog es sie nach New Mexico und Connecticut. Ihre neunzehn Bücher, die sie hauptsächlich für Kinder und Jugendliche schrieb, wurden in sechzehn Sprachen übersetzt und verkauften sich allein in den USA mehr als 50 Millionen Mal. Heute lebt Judy Blume in New York. Sie hat drei erwachsene Kinder und ein Enkelkind, dessen erstes Wort »Buch« war.

Judy Blume

Tigerauge

Aus dem Amerikanischen
von Johanna Ellsworth

OMNIBUS

OMNIBUS

Band 20519

Der Taschenbuchverlag
für Kinder und Jugendliche
von Bertelsmann

Umwelthinweis:
Dieses Buch wurde auf chlorfrei gebleichtem Papier gedruckt.

Genehmigte Taschenbuchausgabe Mai 1999
Gesetzt nach den Regeln der Rechtschreibreform

Die amerikanische Originalausgabe erschien 1981
unter dem Titel »Tigereyes«.

Übersetzung: Johanna Ellsworth
Umschlagbild: Wolfgang Slawski, Atelier 9
Umschlagkonzeption: Klaus Renner
bm · Herstellung: Stefan Hansen
Satz: Uhl + Massopust, Aalen
Druck: Presse-Druck Augsburg
ISBN 3-570-20519-3
Printed in Germany

10 9 8 7 6 5 4 3 2 1

Für George

contigo la vida es buena aventura

Eins

Es ist am Morgen der Beerdigung und ich stelle mein Zimmer auf den Kopf, weil ich die passenden Schuhe suche. Aber ich kann nur meine Adidas finden, mit den Löchern vorne, und ein Paar Gummisandalen. Meine Clogs sind nirgendwo zu finden. Ich glaube, ich habe sie zusammen mit meinen Wintersachen in eine Kiste auf dem Dachboden gepackt. Meine Mutter wird mit jeder Sekunde ungeduldiger und sagt, ich soll mir ein Paar Schuhe von ihr ausleihen. Ich schaue in ihren Schrank und suche mir ein Paar Sandalen mit sieben Zentimeter hohen Absätzen und Riemchen am Knöchel aus.

Als ich die Außentreppe hinunterlaufe, stolpere ich fast. Mein kleiner Bruder Jason sagt: »Pass doch auf, du Dummkopf.« Aber er sagt es sehr leise, beinahe im Flüsterton.

Mom legt mir den Arm um die Schulter. »Sei vorsichtig, Davey.«

Auf dem Friedhof wedeln sich die Leute Kühlung zu. Wir befinden uns auf dem Höhepunkt der größten Hitzewelle, die Atlantic City in den letzten fünfundzwanzig Jahren erlebt hat. Um zehn sind es schon 35 Grad. Ich denke daran, wie angenehm es wäre, am Strand spazieren zu gehen, auf dem nassen Sand, während das Meer meine Füße umspült. Vor zwei Tagen bin ich so lange im Wasser geblieben, bis meine Finger und Zehen ganz verschrumpelt waren und Hugh mich Backpfläumchen nannte.

Hugh.

Während wir über den Friedhof zur Grabstätte gehen, sehe ich ihn. Er steht auf der Seite, abseits von den anderen, allein, und lässt seine Fingerknöchel knacken, so wie er es immer tut, wenn er angestrengt nachdenkt. Sein Haar ist von der Sonne so gebleicht, dass es fast weiß aussieht. Vielleicht fällt mir das deshalb auf, weil es an der Seite gescheitelt und sorgfältig gekämmt ist, anstatt ihm ins Gesicht zu fallen wie sonst. Unsere Blicke treffen sich, aber wir sagen nichts. Ich beiße mir so heftig auf die Unterlippe, dass ich Blut schmecken kann.

Am Grab stehe ich neben meiner Mutter, und Jason steht neben ihr auf der anderen Seite. Ich fühle, wie mir der Schweiß unter der Bluse über die Haut rinnt und in meinem BH eine kleine Lache bildet.

Meine Tante und mein Onkel, die gestern Abend aus New Mexico eingeflogen sind, stehen hinter mir. Ich habe sie vorher erst einmal in meinem Leben gesehen, als meine Großmutter starb. Aber damals war ich erst fünf und durfte nicht mit zur Beerdigung. Ich weiß noch, wie ich an jenem Morgen geweint habe, nicht etwa, weil meine Großmutter gestorben war, sondern weil ich zusammen mit der Familie in dem glänzenden schwarzen Auto fahren wollte, anstatt mit einer Nachbarin zu Hause zu bleiben, die mich ständig mit einem Sandwich mit Aprikosengelee füttern wollte.

Diesmal habe ich überhaupt nicht geweint.

Jetzt höre ich, wie meine Tante leise keucht und sich gleich darauf die Nase putzt. Ich höre, dass mein Onkel ihr etwas zuflüstert, aber ich kann nicht verstehen, was er sagt. Ich spüre den Atem der beiden in meinem Nacken und rücke näher an meine Mutter heran.

Jason klammert sich an Moms Hand und sieht abwechselnd von ihr zu mir. Meine Mutter blickt starr geradeaus. Sie wischt sich nicht einmal die Tränen ab, die ihr die Wangen hinunterrollen.

Ich habe mich noch nie in meinem ganzen Leben so einsam gefühlt.

Ich verlagere mein Gewicht von einem Fuß auf den anderen, denn die Schuhe meiner Mutter sind zu eng und die Füße tun mir weh. Ich konzentriere mich auf den Schmerz und auf die Blasen, die sich an meinen kleinen Zehen bilden, denn auf diese Weise muss ich nicht an den Sarg denken, der da in die Erde gesenkt wird. Oder daran, dass der Leichnam meines Vaters darin liegt.

Zwei

In der Nacht klingt die Hitzewelle ab und am nächsten Tag, als meine beste Freundin Lenaya mich besuchen kommt, regnet es immer noch. Sie sitzt bei mir am Bettrand und stapelt die Zeitungen, die überall verstreut herumliegen, aufeinander.

»Hallo«, sagt sie. »Wie geht's dir?« Ihre Stimme klingt schrill, gar nicht wie sonst.

»Ganz okay«, antworte ich, unfähig, sie richtig anzusehen.

»Das mit deinem Vater tut mir Leid.«

Aus Angst, dass ich beim Versuch zu sprechen die Beherrschung verlieren und weinen könnte, nicke ich nur.

»Es war ein echter Schock.«

Wieder nicke ich.

»Wir waren in Baltimore, deshalb haben wir erst davon erfahren, als mein Onkel es in der Zeitung gelesen hat. Er hat uns angerufen und es uns gesagt. Aber da war es schon zu spät, um noch zur Beerdigung zurückzukommen.«

Ich spüre, wie ich irgendwohin treibe, und höre nur noch ein paar Worte. Ich fühle mich sehr weit weg, so als ob nichts von dem, was um mich geschieht, wirklich ist.

An dem Tag, an dem wir uns kennen lernten, schenkte Lenaya mir ein Bild von einem zerlegten weiblichen Frosch.

Sie hatte es selbst mit Buntstiften gezeichnet. Jedes Organ war sorgfältig beschriftet. Herz, Magen, Lunge, Eierstöcke. Irgendwo habe ich das Bild immer noch. In meiner untersten Schublade, glaube ich. Das war in der achten Klasse.

Lenaya ist ein Meter fünfundachtzig groß, dünn und schwarzhäutig. Alle glauben immer, sie müsse ganz toll Basketball spielen, aber in Wirklichkeit hasst sie das Spiel. Sie macht lieber Experimente mit ihrem Chemiekasten oder liest Bücher über die Erblehre.

Mein Vater hat Basketball gespielt, als er auf der Highschool war. Er ist sogar zweimal in die Auswahlmannschaft des Bundesstaats gekommen. Er hätte deshalb ein Stipendium für das College bekommen können, aber stattdessen haben er und meine Mutter geheiratet. Und sechseinhalb Monate später wurde ich geboren.

»Davey … bist du wach?«, fragt Lenaya und holt mich damit aus meinen Gedanken zurück.

»Ja.«

»Warum stehst du nicht auf und ziehst dich an … es ist schon nach zwölf.«

»Ich hab keine Lust aufzustehen. Ich bin müde. Und außerdem habe ich Blasen an den Füßen.«

»Deine Tante sagt, du bist seit der Beerdigung nicht mehr aus dem Bett gekommen.«

»Das ist nicht wahr. Ich stehe auf, um aufs Klo zu gehen.« Ich verändere die Lage und meine Katze Minka, die bisher dicht an mein Bein angeschmiegt geschlafen hat, streckt sich, gähnt und fängt an, sich zu putzen. Ich streichle sie unter dem Kinn, bis sie sich wieder hingelegt hat. »Hast du den Bericht in der Zeitung gelesen?«, frage ich Lenaya.

»Ja«, sagt sie.

»Welchen?«

»Ich weiß nicht mehr.«

Ich durchwühle den Stapel Zeitungen, den Lenaya vor ein paar Minuten zusammengelegt hat, wähle eine aus, halte sie hoch und lese die Schlagzeile vor. ADAM WEXLER, 34, ERSCHOSSEN. Ich zeige Lenaya den Artikel. »Ganz groß auf der ersten Seite«, sage ich und schlage dabei mit dem Handrücken leicht gegen die Zeitung. »Das ist ein gutes Bild von ihm, findest du nicht?« Ich warte ihre Antwort nicht ab. »Hab ich selbst aufgenommen … im Juni … vor dem Laden. Er hält sich die Hand vor die Augen, wegen der Sonne, aber trotzdem sieht er doch gut aus, oder?«

»Ja«, sagt Lenaya leise.

Ich lege die Zeitung weg und nehme eine andere in die Hand. ADAM WEXLER, EIN BÜRGER UNSERER STADT, ERMORDET. Ich werfe Lenaya einen Blick zu. Sie hat den Kopf gesenkt und spielt an ihrem Gürtel herum. Ich lese aus der Zeitung vor.

Bei einem Raubüberfall am Dienstagabend auf seinen Lebensmittelladen in der Virginia Avenue wurde Adam Wexler von einem Schuss in die Brust getroffen, der tödlich war. Der oder die unbekannten Täter konnten mit einer Beute von fünfzig Dollar Bargeld fliehen. Mr. Wexler, der 1964 seinen Abschluss an der Atlantic City Highschool *machte, hinterlässt seine Ehefrau Gwendolyn, eine Tochter Davis, 15, und einen Sohn Jason, 7.*

Ich falte die Zeitung zusammen und schleudere sie auf das Fußende.

»Hältst du es für richtig, dir das immer wieder durchzulesen?«, fragt Lenaya.

»Warum denn nicht? Sie sagen doch alle immer, dass man den Tatsachen ins Auge sehen soll. Also sehe ich ihnen ins Auge.« Zeitungen sind sehr stark, wenn es um Tatsachen geht, finde ich. Aber nicht, wenn es um Gefühle geht. Niemand schreibt darüber, wie es sich anfühlt, wenn dein Vater ermordet worden ist.

»An Stelle von Blumen bittet die Familie um Spenden für den amerikanischen Herzfonds.« Dies zitiere ich Lenaya, während ich an die Decke starre. Ich frage mich, warum meine Mutter den Herzfonds ausgesucht hat, es sei denn, sie hat es getan, weil mein Vater in die Brust geschossen wurde. Viermal. Viermal von einem oder mehreren unbekannten Tätern.

Meine Tante steckt den Kopf in die Tür und sagt: »Mittagessen, Mädels.«

»Ich habe keinen Hunger«, erkläre ich.

»Es gibt bloß Suppe und Sandwiches«, sagt sie. »Lenaya … möchtest du zum Mittagessen bleiben?«

»Gerne«, meint Lenaya. »Danke.«

»Ich will nichts«, sage ich.

»Du musst was essen, Davey. In einer Zeit wie dieser ist es wichtig, dass du bei Kräften bleibst. Ich werde dir ein Tablett zurechtmachen. Du und Lenaya, ihr könnt in deinem Zimmer essen. Wie wäre das?«

Ich nicke. Das ist leichter, als sich herumzustreiten.

Als sie weg ist, drehe ich mich zu Lenaya um und sage: »Ihr richtiger Name ist Elizabeth, aber alle nennen sie Bitsy. Ist das nicht ein doofer Name für eine siebenundvierzigjährige Frau? Sie ist die Schwester meines Vaters. Ich meine, sie war es. So sagt man doch, wenn jemand stirbt, oder? Man sagt ›war‹.«

»Wahrscheinlich«, sagt Lenaya.

»Sie ist aus New Mexico.«

»Ich weiß. Sie scheint nett zu sein.«

»Mein Onkel Walter ist Physiker am Labor in Los Alamos. Da haben sie die erste Atombombe gebaut.«

»Ich weiß«, sagt Lenaya wieder. »Ich habe mich vorhin mit ihm unterhalten, als du noch schliefst. Ich kann es gar nicht erwarten, bis ich Physik belegen kann, aber ich glaube, das geht erst in der Elften.«

Bitsy bringt ein Tablett mit dem Mittagessen auf mein Zimmer. Lipton-Country-Gemüsesuppe, Tunfischsandwich. Ich kaue und kaue, bis ich plötzlich würgen muss. Ich springe aus dem Bett und renne den Flur hinunter ins Bad, wo ich das Essen in die Kloschüssel spucke.

Aber diesmal muss ich mich nicht übergeben.

Drei

An dem Abend, als mein Vater umgebracht wurde, haben Jason und ich, nachdem die Polizei und die Nachbarn weggegangen waren, uns zu Mom ins Bett gelegt. Wir hatten in jedem Zimmer ein Licht angelassen. Das Haus war sehr still und ich dachte, wie komisch es doch ist, dass Stille manchmal tröstlich sein kann, während sie einem zu anderen Zeiten richtig Angst machen kann.

»Wie ist es, wenn man tot ist?«, fragte Jason Mom.

»Friedlich«, sagte Mom.

»Woher weißt du das?«, sagte Jason.

»Ich weiß es nicht wirklich«, sagte Mom. »Aber ich glaube es.«

»Was ist, wenn sie wieder kommen?«, fragte Jason.

»Wer?«, sagte Mom.

»Die Männer, die Daddy erschossen haben. Was ist, wenn sie wieder kommen und uns auch erschießen?«

»Das werden sie nicht tun«, sagte Mom.

»Woher weißt du das?«, fragte Jason.

»Ich weiß es einfach«, sagte Mom.

»Glaubst du, dass es wehgetan hat?«, fragte Jason.

»Was?«, fragte Mom.

»Als Daddy erschossen wurde. Glaubst du, dass es ihm wehgetan hat?«

»Nein«, sagte Mom, »ich glaube, es ist so schnell gegangen, dass er überhaupt nichts gespürt hat.«

»Das ist gut«, sagte Jason. »Ist das nicht gut?«

»Ja«, sagte Mom. »Das ist gut. Jetzt wollen wir versuchen, ein bisschen zu schlafen, okay?«

»Okay«, sagte Jason gähnend, schmiegte sich an Mom an und machte die Augen zu.

Mom sah mich an. Ich sagte kein Wort. Ich konnte nichts sagen. Ich nahm ihre Hand und hielt sie fest. Ich lehnte den Kopf an ihre Schulter.

Vier

Walter und Bitsy bleiben zehn Tage bei uns und Bitsy bietet an, länger zu bleiben, um meiner Mutter zu helfen. Aber Mom sagt: »Nein, du hast schon genug getan.«

»Man kann nie genug tun«, sagt Bitsy. »Wir sind doch eine Familie. Auch wenn wir uns über die Jahre nicht allzu oft gesehen haben …« Ihre Stimme verliert sich.

»Wir haben immer vorgehabt, nach New Mexico zu fahren«, sagt Mom, »aber irgendwie …« Sie schüttelt den Kopf. Keine von beiden scheint in der Lage zu sein, einen Satz zu Ende zu bringen.

»Kommt doch jetzt mit uns mit«, sagt Bitsy. »Die Veränderung würde euch gut tun.«

»Ich kann nicht«, sagt Mom. »Ich muss alleine damit fertig werden.«

»Also gut … aber wir wollen nicht, dass du dir Sorgen ums Geld machen musst, Gwen. Wir können helfen. Wir wollen helfen … bis du wieder auf eigenen Füßen stehen kannst.«

Meine Mutter presst die Lippen zusammen und schüttelt wieder den Kopf. »Ich glaube, wir schaffen es auch so.«

Bitsy steht vom Tisch auf und geht in die Küche, wo sie sich eine dritte Tasse Kaffee einschenkt. Ich stehe am Herd und rühre Honig in eine Tasse Tee, die ich nicht trinken werde.

»Ich weiß noch, als er geboren wurde«, sagt Bitsy. »Er war ein so bezauberndes Baby.« Zuerst denke ich, dass sie von Jason redet. Aber als sie sagt: »Er hat immer gezeichnet … schon von Anfang an … und war ein so guter Schüler … ein so toller Sportler …«, wird mir bewusst, dass sie meinen Vater meint. »Ich kann es immer noch nicht glauben …«, fährt Bitsy mit brüchiger Stimme fort.

Ich will nicht, dass sie weint. Nicht jetzt. Sie atmet ein paar Mal tief durch, putzt sich die Nase und der Augenblick geht vorüber. Sie trägt ihre Kaffeetasse zurück in die Essecke und setzt sich wieder. »Kein Testament, keine Lebensversicherung, keine Ersparnisse«, sagt sie zu Mom. »Wovon habt ihr eigentlich gelebt … von der Liebe?«

»Mehr oder weniger«, antwortet meine Mutter.

Bitsy seufzt. »Adam war schon immer ein Träumer.«

»Ja«, sagt Mom. »Das ist einer der Gründe, warum ich ihn geliebt habe.«

Aber wir sind doch alle Träumer, denke ich. Wenn du keine Träume mehr hast, was bleibt dir denn dann?

Später, als Bitsy und Walter uns zum Abschied küssen, sagt Bitsy: »Wir haben ein großes Haus … und ihr seid immer willkommen.«

»Wir sind nur einen Anruf entfernt«, fügt Walter hinzu.

»Danke«, sagt Mom. »Ich bin froh, dass ihr hier wart. Ihr wart eine große Hilfe.«

Als Walter und Bitsy uns verlassen, habe ich gemischte Gefühle. Es ist gut, dass wir wieder unter uns sind. Nur wir. Nur die Familie. Aber gleichzeitig ist es auch eine Erinnerung daran, dass mein Vater nicht mehr da ist. Dass er nicht zurückkommen wird. Dass wir von jetzt an nur zu dritt sein werden.

Nachts liege ich voller Angst in meinem Bett. Ich höre Geräusche, die ich noch nie zuvor gehört habe. Solange Bitsy und Walter im Wohnzimmer auf dem Sofa schliefen, hatte ich nicht solche Angst. Wir alle nicht. Jetzt lassen wir wieder in jedem Zimmer eine Lampe brennen und Jason kriecht wieder mitten in der Nacht zu Mom ins Bett.

Ich würde auch gern zu Mom gehen. Solange wir drei uns nahe sind, fühle ich mich nicht so einsam. Aber ich bin doch fünfzehn, sage ich mir immer wieder. Ich kann doch nicht ewig bei meiner Mutter schlafen.

Am schlimmsten ist es, wenn ich anfange über die braune Papiertüte in meinem Schrank nachzudenken. Dann schlägt mein Herz ganz schnell und ich kriege kaum noch Luft. Deshalb mache ich meine Augen ganz fest zu, um dieses Bild in meinem Kopf auszulöschen.

Wir wohnen über dem Laden und ich horche auf Schritte auf der Außentreppe. Wenn irgendwer versuchen sollte, hier heraufzukommen, werde ich genügend vorgewarnt sein, sage ich mir und berühre das Brotmesser, das ich unter meinem Kopfkissen versteckt habe.

Und ich bin nicht die Einzige, die vorbereitet ist. Meine Mutter hat unter ihrem Bett den Revolver versteckt. Sie weiß nicht, dass ich es weiß. Aber ich weiß es. Ich habe gesehen, wie sie ihn in der Hand hielt. Er ist geladen. Sie ist bereit, von ihm Gebrauch zu machen, wenn es sein muss.

Nicht wie Dad.

Er hatte den Revolver im Laden, auf einem Regal direkt unter der Registrierkasse. Aber der Revolver war nicht geladen. Er hatte Angst, Jason könnte ihn in die Hände bekommen oder so was. Daher waren die Kugeln in einer abgeschlossenen Schublade verstaut, zu der nur mein Vater den Schlüssel hatte. Wir waren schon zweimal zuvor überfallen worden, aber beim zweiten Mal fuchtelte mein Vater vor dem Kerl mit dem Revolver herum und der Kerl rannte weg und nahm nur ein Sechserpack Bier mit.

Es war der Traum meines Vaters gewesen, den Laden zu verkaufen und eine kleine Galerie mit Plastiken und Gemälden zu eröffnen. Mein Vater hätte ein zweiter van Gogh sein können. Oder wenigstens ein Porträtmaler. Er konnte sehr gut Gesichter zeichnen, vor allem Augen. Er hatte seine Staffelei im Laden, direkt neben der Kasse, und wenn wenig Betrieb war, dann zeichnete er. Auf einem Draht, der an den Innenwänden entlang rund um den Laden gespannt ist, hängen Kohlezeichnungen, die größtenteils unsere Kunden darstellen. Und oben, im Schlafzimmer meiner Eltern, sind die Wände über und über mit unseren Porträts bedeckt. Mom, Jason und ich. Eine Familienchronik.

Hugh hatte den ganzen Sommer im Laden gearbeitet. Dort lernten wir uns kennen. Wir sind aber nicht gleich zusammengekommen. Zuerst habe ich nur gesagt: »Soll ich dir beim Broteinräumen helfen?«

Und Hugh hat geantwortet: »Klar, warum nicht?«

Hugh sagte nie viel. Alles, was ich über ihn wusste, war, dass er in die zwölfte Klasse kommen würde und dass er Pizza mit Peperoniwurst mochte. Und ich wusste, wie ich mich fühlte, wenn ich neben ihm stand. Oder wenn er mich ansah. Oder wenn seine Hand meinen Arm streifte.

Fünf

Eines Nachmittags sitze ich im Wohnzimmer und blättere in einer Zeitschrift. Lesen kann ich nicht mehr. Ich versuche es, aber die Wörter verschwimmen oder ich ertappe mich dabei, dass ich immer wieder denselben Satz lese und trotzdem nicht weiß, was ich da gerade gelesen habe. Meine Mutter und Jason machen ein Mittagsschläfchen auf ihren Zimmern. Langsam werden wir richtige Experten darin, tagsüber zu schlafen. Als es an der Tür klingelt, ist niemand außer mir da, um aufzumachen. Und draußen steht Hugh.

»Wie geht's, Davey?«, fragt er, während er mich umarmt.

Bevor ich antworten kann, bevor ich lügen und Okay sagen kann, fängt Hugh an zu weinen. Ich spüre, wie sein Körper zittert und trete zurück, schaue irgendwohin, nur um ihn nicht ansehen zu müssen.

Ich höre, wie er die Nase hochzieht und tief Luft holt. »Wie wär's mit einem Spaziergang am Strand?«

»Nein«, sage ich zu ihm.

»Deine Mutter sagt, du bist seit der Beerdigung nicht mehr aus dem Haus gegangen.«

»Na und?«

»Na ja … es würde dir gut tun, mal rauszukommen.«

In diesem Moment betritt meine Mutter das Zimmer und bindet sich den Morgenmantel zu. »Das versuche ich ihr auch schon die ganze Zeit zu sagen«, meint Mom. »Sie braucht ein bisschen frische Luft.«

»Na ja, gut«, sage ich, als ich Moms gequältes Gesicht sehe. Ich gehe ins Bad und bespritze mir das Gesicht mit kaltem Wasser. Ich habe dunkle Schatten unter den Augen und meine Sonnenbräune ist zu einem gelblichen Farbton verblasst. Ich ziehe den Seilgürtel durch meine Jeans, die sonst herunterrutschen würden, weil ich seit jenem Abend so viel abgenommen habe. Ich sehe furchtbar aus. Aber es ist mir egal.

Draußen tun meine Augen vom strahlenden Sonnenschein weh und ich muss sie mit der Hand schützen. Ich folge Hugh die Treppe hinunter, aber den Laden sehe ich nicht an. Ich weiß, dass ein Schild mit der Aufschrift GESCHLOSSEN an der Tür hängt. Ich habe gesehen, wie Walter es am Tag nach der Beerdigung gemalt hat.

Hugh nimmt meine Hand. Mit seinem Daumen reibt er meine Daumenwurzel, um mich zu trösten. Ich weiß, dass es auch für ihn schwer ist, und drücke fest seine Hand, um ihm zu zeigen, dass ich ihn verstehe. Wir laufen über den Holzsteg zum Strand hinunter.

Ich atme tief und inhaliere die salzige Luft, die sich mit dem Aroma von gerösteten Erdnüssen, Karamellbonbons und dem feuchten Holzgeruch der Vergnügungspiers vermischt.

Ich wurde am Strand gezeugt, direkt unter dem Millionendollarpier. Meine Eltern nannten mich immer ihr Millionendollarbaby. Wegen mir gab mein Vater sein Sportstipendium an der Rutgersuniversität auf und meine Mutter nahm einen Job in einem der James'-Saltwater-Toffeeshops an. Damals war in Atlantic City noch absolut tote Hose. Aber jetzt nicht mehr. Jetzt, nachdem die Leute bei der Wahl die Spielkasinos durchgesetzt haben, soll aus Atlantic City ein zweites Las Vegas werden. Überall schießen Hotels und Kasinos aus dem Boden.

»Was denkst du?«, fragt Hugh, während wir am Rand des Wassers laufen.

»Nichts«, sage ich.

Und dann legt Hugh die Arme um mich und küsst mich. Ich will seinen Kuss erwidern, aber ich kann nicht. Ich kann nicht, weil mich das Küssen an jenen Abend erinnert. Daher reiße ich mich von ihm los und renne weg. Ich höre, wie Hugh ruft: »Davey ... warte doch.«

Aber ich warte nicht. Ich renne und renne, bis ich zu Hause bin. Dann lege ich mich ins Bett und stehe fünf Tage lang nicht mehr auf.

Sechs

Ich will nicht wieder zur Schule gehen. Ich will überhaupt nichts tun, außer im Bett bleiben. Im Bett bleiben und die Decke über den Kopf ziehen. Den ganzen Tag. Nachts schleiche ich mit dem Brotmesser umher, überprüfe das Schloss an der Tür und horche nach Schritten. Ich versuche mich nicht zu erinnern. Mich nicht an jenen Abend zu erinnern. Mich nicht an die braune Papiertüte in meinem Schrank zu erinnern. Mich an gar nichts zu erinnern.

»Dusch dich, Davey«, sagt meine Mutter am Abend vor dem ersten Schultag. »Wasch dir die Haare. Es ist bestimmt schon zehn Tage her. So kenne ich dich gar nicht.«

Es ist schon dreizehn Tage her. Dreizehn Tage, seit ich ein Bad genommen habe. Ich weiß, dass ich rieche. Aber es ist mir egal. Ich drehe mich um und ziehe mir das Betttuch über die Ohren. Mein Bett riecht auch. Ich mag den Geruch. Ein warmer, salziger, etwas saurer Geruch. Mein eigener ungewaschener Geruch. Der aus meinem Inneren kommt.

»Bitte, Schatz«, sagt Mom. »Warte nicht bis morgen früh, um dich für die Schule fertig zu machen.«

Als ob ich daran dächte, morgen früh aus dem Bett und geradewegs unter die Dusche zu springen.

Sie schüttelt mich leicht, um sicherzugehen, dass ich ihr zuhöre. »Für mich, Davey. Tu's für mich, okay?«

Es ist das *für mich,* das zu mir durchdringt. Meine Mutter macht mir nicht oft Schuldgefühle. Und vielleicht tut sie es diesmal nicht einmal mit Absicht, aber es funktioniert trotzdem. Ein Teil von mir schämt sich immer noch für das Benehmen, das ich zurzeit an den Tag lege. Schließlich bin ich ja nicht die Einzige, die Gefühle für meinen Vater hat.

Also stehe ich auf und fühle mich ganz wackelig auf den Beinen, weil ich mich in den vergangenen Tagen so wenig bewegt und kaum etwas gegessen habe. Ich gehe ins Bad.

Minka folgt mir. Sie springt auf die Klobrille und schlappt Wasser aus der Kloschüssel. Sie hat ihren eigenen Napf mit frischem Wasser in der Küche stehen, aber irgendwie hat das Trinken aus der Toilette einen besonderen Reiz für sie. Ich habe es aufgegeben, es ihr zu verbieten. Minka ist eine wunderschöne gefleckte Katze mit weißen Pfoten. Ich habe sie zu meinem zwölften Geburtstag bekommen. Sie war die einzige weibliche Katze des gesamten Wurfs. Lenaya sagt, Minka hat eine orale Fixierung. Sie hätte als Katzenjunges nicht genug Muttermilch abbekommen und würde das jetzt nachholen. Es stimmt, dass sie einen ständig abschleckt. Finger, Zehen, was auch immer. Aber das macht sie nur noch liebenswerter.

Ich frage mich, ob Minka das mit meinem Vater begreift. Manchmal glaube ich es. Dann habe ich den Eindruck, dass sie spürt, dass irgendetwas nicht in Ordnung ist. Seit jenem Abend ist sie lange nicht mehr so verspielt und liegt meistens wie eine Schnecke eingerollt auf meinem Bett, schmiegt sich an meine Beine und schläft. Oder vielleicht versucht sie auch nur, mich zu trösten. Wer weiß?

Ich stehe unter der heißen Dusche und seife mich überall ein. Ich wasche mir zweimal die Haare und lasse mir den Schaum ins Gesicht hinuntertropfen, dass mir die Augen brennen.

Früher habe ich unter der Dusche gesungen. Ich mag den Klang meiner Stimme und das hohle Echo der Dusche. Ich frage mich, ob ich jemals wieder unter der Dusche singen werde? Ich frage mich, ob ich es jemals wieder will?

Ich wickle mir ein Handtuch um und gehe den Flur entlang zu meinem Zimmer. Meine Mutter hat das Bett neu bezogen.

»Das hättest du nicht tun brauchen«, sage ich zu ihr.

»Ich weiß. Ich wollte es tun«, sagt sie. »Du wirst besser schlafen.«

»Ich fühl mich nicht besonders gut«, sage ich. »Vielleicht werde ich krank.« Ich steige ins Bett und lasse mich auf den sauberen Kopfkissenbezug sinken.

Mom setzt sich auf den Bettrand. »Ich kann mich an meinen ersten Tag in der Highschool erinnern«, sagt sie, während sie sich mit einer Kopfbewegung das Haar aus dem Gesicht wirft. »Ich hatte damals schreckliche Bauchkrämpfe. Ich wollte auch nicht hingehen.« Sie nimmt meine Hand.

»Das ist es nicht«, sage ich. »Es ist …«

»Ich weiß doch, Davey.« Sie hat Tränen in den Augen. »Weißt du denn nicht, dass ich es weiß?«

»Ja«, sage ich zu ihr. »Aber es reicht nicht, dass du es weißt.«

Am nächsten Morgen, als ich in die Küche gehe, hat Jason seinen Dracula-Umhang an und schlingt seine Frühstücksflocken hinunter. Er kann es gar nicht erwarten, wieder zur

Schule zu gehen. »Und dieses Jahr lese ich richtige Bücher. Keine Babybücher mehr. Stimmt's, Mom?«

»Das stimmt, Jase«, sagt Mum, während sie ihren Toast buttert.

»Und was … was werde ich sonst noch lernen?«, fragt Jason.

»Ach, viele interessante Dinge«, sagt Mom.

Ich stehe vor dem geöffneten Kühlschrank, aber ich finde nichts, auf das ich Appetit habe. Einerseits habe ich Hunger, andererseits kann ich nichts herunterkriegen.

»Was hast du in der zweiten Klasse gelernt, Davey?«, fragt Jason, den Mund voller Trauben-Nuss-Flocken.

»Das Gleiche wie in der ersten Klasse, nur noch mehr davon«, antworte ich ihm. Ich schließe die Kühlschranktür. »Ich hoffe doch, du hast nicht vor, diesen Umhang in die Schule anzuziehen.«

»Warum nicht. Ich mag ihn.«

»Darin siehst du aus wie Dracula«, sage ich.

»Will ich ja auch.«

»Mom … findest du, er sollte ihn anziehen? Ich meine …«

»Ach, ich glaube, es ist in Ordnung«, sagt Mom. »Wenn Jason sich darin wohl fühlt …«

»Wohl fühlt«, wiederholt Jason. Er vertilgt eine Scheibe Toast und sagt dann: »Was ist mit dem Laden, Mom? Machst du heute den Laden auf?«

»Heute nicht«, antwortet Mom.

»Wann denn?«, fragt Jason.

»Ich weiß es nicht«, sagt Mom zu ihm.

Meine Mutter hat seit jenem Abend keinen Fuß mehr in den Laden gesetzt. Wir alle nicht. Ich weiß nicht, was wir tun werden.

An der Bushaltestelle treffe ich Lenaya, und als der Bus eintrifft, finden wir zwei Sitzplätze nebeneinander. Er ist voll; als wir an der nächsten Haltestelle ankommen, müssen ein paar Schulkinder im Gang stehen. Allmählich fühle ich mich eingeengt. Es fängt damit an, dass meine Hände kalt und feucht werden, dann setzt ein Flattern im Magen ein und schließlich wird mir schwindlig, so als ob ich ohnmächtig werden könnte. Ich lasse den Kopf zu Boden hängen.

»Bist du okay?«, fragt Lenaya.

Ich kann nicht antworten.

Sie bückt sich, ihr Mund ist nahe an meinem Ohr. »Hast du überhaupt gefrühstückt?«, fragt sie leise.

Ich schüttle den Kopf.

»Hier«, sagt sie und kramt in ihrer Lunchtüte. »Iss das.« Sie reicht mir eine Orange, die schon geschält ist.

Ich stecke mir ein Stück in den Mund und beiße hinein und schmecke die saftige Süße.

Ich fühle mich besser.

Ich überstehe die Versammlung, in der der Rektor unsere Klasse an der Schule willkommen heißt, eine kurze Sitzung im Klassenzimmer und die Englischstunde, in der Lenaya und ich nebeneinander sitzen. Immer wieder sieht sie mich an, lächelt halb, und einmal beugt sie sich zu mir herüber und berührt meine Hand, die zittert. Das bemerke ich erst jetzt.

Nach dem Englischunterricht bin ich allein und versuche Raum 314 zu finden, wo mein Geometrieunterricht stattfinden soll. Aber ich kann ihn nicht finden und langsam bekomme ich Angst. Ich kann jeden einzelnen Herzschlag hören. Es kommt mir vor, als ob ich keine Luft mehr kriege, und deshalb atme ich immer tiefer und schneller und versuche, wenigstens ein bisschen Luft in die Lungen zu bekommen, aber es geht nicht. Nichts geht mehr. Schulkinder kommen mir auf dem Flur entgegen, sie reden und lachen. Einer von ihnen könnte der Junkie sein, der meinen Vater umgebracht hat, denke ich. Es gibt zwar keinen Beweis dafür, dass der Mörder ein Junkie war oder dass er überhaupt ein Jugendlicher war, aber ich glaube es trotzdem.

Ich will rennen. Ich will, so weit ich nur kann, von der Schule wegrennen. Aber ich kann mich nicht bewegen. Kann meine Füße nicht in Bewegung bringen. Kriege keine Luft. Und dann werde ich ohnmächtig, wobei ich noch den Schlag höre, den mein Kopf macht, als er auf dem Boden aufschlägt.

Später sagt man mir, dass zwei Mädchen und ein Junge mich auf das Krankenzimmer gebracht haben.

Die Krankenschwester nimmt an, ich hätte die Panik bekommen, weil ich Angst vor der Highschool habe.

»Das ist es nicht«, versuche ich zu erklären, während ich mich auf einer Liege ausruhe. Ich bemerke, dass mein Gürtel gelockert worden ist und dass meine Adidasschuhe ordentlich unter der Liege aufgestellt sind.

»Was dann?«, fragt die Krankenschwester. Sie ist sehr hübsch, hat dunkles Haar, das zu einem Pferdeschwanz zusammengebunden ist, und grüne Augen. Sie hat einen Dialekt, der mir anfangs unbekannt vorkommt, doch nach einer Weile erkenne ich ihn als Akzent aus Oklahoma wieder, weil meine Mutter eine Freundin namens Audrey hat, die aus Tulsa kommt und genauso klingt.

»Erwachsen werden ist nicht leicht«, sagt die Krankenschwester und fast muss ich lachen, weil sie so naiv ist. »Viele von uns fühlen sich noch nicht reif genug, das Nest schon zu verlassen.«

»Nein«, sage ich. »Sie können das nicht verstehen.«

Sie lächelt. »Doch, ich glaube schon.« Sie sieht das Untersuchungsformular durch, das unser Arzt Ende Juni ausgefüllt hat, und liest vor: »Keine Herzbeschwerden, keine Diabetes, bisher keine ernsthafte Schmerzen oder Ohnmachten, die Menstruation verläuft normal. Also … keinerlei Krankheiten.« Sie lächelt mich abermals an und schließt den Ordner. Sie läuft durch das Zimmer, stellt den Ordner zurück in einen Aktenschrank und kommt mit einem Becher Wasser und zwei weißen Tabletten wieder. Sie reicht sie mir und sagt: »Und jetzt runter damit.«

»Was ist das?«, frage ich misstrauisch.

»Aspirin.«

»Ich habe keine Kopfschmerzen.«

»Mit der Beule auf der Rübe?«

»Sie tut nicht weh«, sage ich. »Nur wenn ich sie anfasse.«

»Trotzdem …«, sagt sie, »nun mach schon.«

Sie wird so lange vor mir stehen bleiben, bis ich das Aspirin geschluckt habe. Ich sehe es ihr an. Besser, es hinter mich zu bringen. Daher setze ich mich auf und nehme die Tabletten ein.

»Braves Mädchen«, sagt sie und zieht sich einen Stuhl an die Liege heran. Sie setzt sich, zieht die Uniform übers Knie, beugt sich zu mir herunter und sagt: »Sind es vielleicht diese gewissen Tage im Monat, Davey?«

»Nein.«

Sie starrt mich eine Zeit lang an. Ich wünschte, sie würde

weggehen. Hat sie denn am ersten Schultag nichts Besseres zu tun?, frage ich mich. Dann sagt sie: »Nimmst du Drogen?«

Ich antworte nicht. Ihre Frage verletzt mich.

»Ganz im Vertrauen«, sagt sie. »Nur unter uns.«

»Nein«, sage ich zu ihr. »Ich nehme keine Drogen.«

»Du bist nicht vielleicht gestern Abend zu gewesen?«

»Nein, war ich nicht.«

»Vielleicht blau?«

»Nein.«

»Besteht die Möglichkeit, dass du schwanger bist?«

»Nein.«

»Noch nicht mal eine klitzekleine Möglichkeit?«

»Noch nicht mal das«, sage ich.

Dann kommt ein Junge ins Krankenzimmer und ruft: »Schwester … ich habe furchtbare Ohrenschmerzen.«

Die Krankenschwester zieht den weißen Vorhang vor meiner Liege zu und gewährt mir dadurch etwas Privatsphäre. Ich höre, wie sie dem Jungen sagt, dass ihm zwei Aspirin sicher helfen werden. Ich schließe die Augen und versinke im Schlaf.

Am zweiten Schultag werde ich auf dem Weg zum Lunch ohnmächtig. Ich bin mit Lenaya zusammen und sie bringt mich ins Krankenzimmer.

»Schon wieder?«, fragt die Krankenschwester und schnalzt mit der Zunge. »Was machen wir denn nur mit dir?«

Als es am dritten Schultag wieder passiert, sagt die Krankenschwester: »Weißt du was, Davey? Ich glaube, du solltest einen Arzt aufsuchen.«

Also geht Mom mit mir zu Dr. Foster. Er hört mir zu, während ich erkläre, was geschehen ist, untersucht mich rasch und sagt zu mir, ich solle mich anziehen und in sein Büro kommen.

Dort warten meine Mutter und Dr. Foster auf mich. Auf dem Schreibtisch des Arztes steht ein Bild von seiner Frau und seinen beiden Söhnen, als sie noch klein waren. Jetzt sind sie älter als ich. Er schreibt etwas auf meine Karte, schaut dann auf und sagt: »Du hyperventilierst, Davey. Verstehst du, was das bedeutet?«

»Ich dachte, ich wäre ohnmächtig geworden.«

»Es ist anders, wenn man ohnmächtig wird«, erklärt Dr. Foster. »Du verursachst es durch die Art, wie du atmest.«

»Ich atme so, weil ich das Gefühl bekomme, ich kann nicht atmen. Ich habe das Gefühl, ich bekomme überhaupt keine Luft mehr.«

»Ja, nun …«, sagt Dr. Foster. »Wir alle können Hyperventilation selbst herbeiführen. Taucher machen das … Läufer vor einem Wettkampf. Das Gehirn bekommt eine Übermenge Sauerstoff zugeführt. Es kann einem dabei schwindlig werden.«

»Warum mache ich so was?«

»Aus Angst. Du hast eine Menge durchgemacht.« Er sieht meine Mutter an, die das Schloss ihrer Handtasche auf- und zuschnappen lässt. Jedes Mal ist ein Klicken hörbar. Abgesehen davon ist es sehr still im Raum. »Eine neue Schule … ein Trauerfall in der Familie«, fährt Dr. Foster fort. »Das ist sehr viel auf einmal.«

Ich finde es interessant, dass er die neue Schule vor den Trauerfall stellt.

»Das Beste, um damit fertig zu werden, ist natürlich,

wenn man den Dingen ins Auge sieht.« Er reibt sich das Auge. »Ich schlage dir Folgendes vor«, sagt er, »wir warten noch eine Woche ab. Wenn du das Gefühl bekommst, dass du anfängst zu hyperventilieren, dann rede mit dir selbst. Sag dir, dass du Angst hast. Dass du das Recht hast, Angst zu haben. Sag dir, dass du dich entspannen sollst. Versuche, langsam, regelmäßig zu atmen.« Er kritzelt etwas auf seinen Rezeptblock, reißt den Zettel ab und reicht ihn mir. »Und ich möchte, dass du dieses Vitaminpräparat mit Spurenelementen nimmst.« Er steht auf. »Ein Tapetenwechsel würde ihr vielleicht gut tun«, sagt er zu Mom. »Er könnte Ihnen allen gut tun ... falls es sich machen lässt.«

»Danke, Dr. Foster«, sagt Mom. Beim Weggehen dankt sie ihm immer, als ob er uns einen Gefallen tut, indem er unser Hausarzt ist.

»Jederzeit, Gwen«, sagt er. »Und das meine ich ernst.«

»Ja, ich weiß«, sagt Mom.

Er klopft mir auf die Schulter. »Du kommst wieder in Ordnung, Davey. Es braucht Zeit ... das ist alles.«

An diesem Abend ruft Mom Bitsy und Walter in New Mexico an. »Ich würde gern euer Angebot annehmen«, sagt sie. »Davey hat ein paar ...« Sie hält inne, während sie versucht, das richtige Wort zu finden. »Ein paar Schwierigkeiten«, sagt sie. »Und der Arzt hat einen Tapetenwechsel empfohlen.«

Als Mom den Hörer auflegt, erzählt sie uns, dass Bitsy und Walter sich sehr freuen, dass wir sie besuchen kommen.

»Gibt es da ein Meer?«, fragt Jason.

»Nein, aber ein Gebirge.«

»Wie hoch?«

»Sehr hoch«, sagt Mom zu ihm.

»Kann man da runterfallen?«

»Nein.«

»Bist du sicher?«

»Ja.«

Walter und Bitsy kümmern sich um alle Einzelheiten unseres Flugs von Philadelphia nach Albuquerque. Sie sorgen sogar dafür, dass Minka bei mir im Passagierraum bleiben darf, anstatt unten im Gepäckraum.

Ich mache mir Sorgen um die Bezahlung der Flugtickets, weil ich weiß, dass wir keinen Pfennig übrig haben. Dann sagt mir Mom, dass sie schon von Walter und Bitsy im Voraus bezahlt worden sind. »Natürlich werde ich es ihnen zurückzahlen«, sagt Mom. »Sobald ich alles im Griff habe.«

In drei Tagen reisen wir ab. Ich gehe nicht mehr in die Schule zurück. Es hat keinen Sinn, da wir über zwei Wochen weg sein werden. Und Mom macht mir deshalb keine Vorwürfe, daher nehme ich an, dass sie einverstanden ist. In diesen drei Tagen hyperventiliere ich nicht ein einziges Mal. Stattdessen denke ich an die Reise. Daran, hier wegzukommen. Ich versuche mir New Mexico vorzustellen. Ich versuche meine Gedanken davon abzuhalten, zu jenem Abend zurückzukehren.

Jeden Morgen erinnert mich Mom daran, meine Vitamintablette zu nehmen. Sie ist riesengroß und lässt sich kaum runterschlucken. Außerdem wird mein Pipi grün davon.

Im Flugzeug, irgendwo zwischen Chicago und Albuquerque, spüle ich den Rest der Vitamintabletten in der Toilette hinunter.

Sieben

Bitsy und Walter holen uns am Flughafen ab. In Albuquerque ist der Himmel strahlend blau. Strahlend blau und vollkommen wolkenlos. Ich habe noch nie einen solchen Himmel gesehen. Ich kann gar nicht aufhören, ihn anzusehen. Ich kann gar nicht glauben, dass er echt ist. Die Sonne scheint und es ist heiß, aber es ist nicht die Hitze von Atlantic City. Nicht stickig.

Wir steigen in Walters Blazer ein. Mom sitzt vorne bei Bitsy und Walter. Jason und ich sitzen hinten. Er trägt seinen Dracula-Umhang. Er zieht ihn nie aus. Ich glaube, er schläft sogar darin. Ich halte Minka auf meinem Schoß. Hinter unserem Sitz ist eine Ladefläche, auf die Walter unser Gepäck gestapelt hat. Als ich mich umdrehe, um mich zu vergewissern, dass weder meine Tasche noch mein Rucksack zurückgelassen worden sind, bemerke ich das Gewehr oder etwas, das wie ein Gewehr aussieht. Es ist lang und schlank. Mein Herz fängt an, schneller zu schlagen. »Onkel Walter«, sage ich, »ist das dahinten eine Waffe?«

»Ja«, antwortet er.

»Ist sie geladen?«, frage ich.

»Darauf kannst du wetten… also spiel nicht damit rum.«

»Passieren hier viele Verbrechen?« Ich spüre, wie ich tiefer atme, schneller atme.

»Nein«, sagt Bitsy. »Und auf dem Hügel …«

»Dem Hügel?«, unterbreche ich sie.

»Ja«, sagt Bitsy, »wir nennen Los Alamos den Hügel … und da oben gibt es fast gar keine Kriminalität.«

»Warum schleppt ihr dann eine geladene Waffe mit euch herum?«, frage ich, während ich mir befehle, mich zu entspannen. Mich zu entspannen und langsam zu atmen, normal zu atmen.

»Man kann nie wissen«, sagt Walter, »vor allem hier unten. Vorsicht ist die Mutter der Porzellankiste.«

Ich verstehe ihn nicht, aber ich entschließe mich, das Thema nicht weiter zu verfolgen, weil das Thema mich nervös macht und Walter sich jedes Mal, wenn ich ihm eine Frage stelle, umdreht und über die Schulter mit mir spricht und dazu den Blick von der Straße abwendet.

Ich sehe, wie meine Mutter mit einer Hand ihre Sitzlehne umklammert und sich mit der anderen am Türgriff festhält.

»Walter!«, schreit Bitsy, als er einen Schlenker macht und fast mit einem überholenden Auto zusammenstößt.

Jason wird gegen mich geschleudert und lacht. »Daddy hatte im Laden eine Waffe. Stimmt's, Mom?«

»Das stimmt«, sagt Mom und lockert ihren Griff an der Rückenlehne.

»Aber er hatte sie nicht geladen, weil er Angst hatte, dass ich damit spielen würde. Stimmt's, Mom?«

»Richtig, Jase. Warum schaust du nicht einfach aus dem Fenster und siehst dir diese wunderschöne Landschaft an.«

»Ich seh sie mir ja an«, sagt er. »Ich kann gleichzeitig reden und sehen.«

Die Landschaft ist wirklich wunderschön. Wir fliegen an flachen weiten Ebenen vorbei, hinter denen die Berge liegen; sie wachsen aus dem Nichts empor, kahl und schwarz, sie sehen aus, als wären sie aus Papiermaché. Die Erde ist braun, dann gelb, dann fast rot.

Nach einer Stunde Fahrt auf der Straße sagt Jason: »Ich muss mal.«

Hier gibt es keine Tankstellen, keine Restaurants, nichts, so weit das Auge blickt, außer der Erde und dem Himmel.

Walter hält am Straßenrand und macht einen kleinen Spaziergang mit Jason. Als sie zurückkommen und wir wieder unterwegs sind, schläft Jason mit dem Kopf auf meinem Schoß ein. Plötzlich wacht er auf, ohne zu wissen, wo er ist, und ich kann die Angst in seinen Augen lesen.

»Es ist alles in Ordnung«, sage ich zu ihm, während ich ihm die Haare aus der verschwitzten Wange streiche, an der sie kleben.

Auch ich schließe die Augen, und als ich aufwache, kann ich die Zugkraft des Blazers spüren, während wir höher und höher hinaufklettern. Ich muss gähnen, um wieder klar sehen zu können. »Wie lange noch?«, frage ich Walter.

»Noch ungefähr eine Viertelstunde«, sagt Walter und dreht sich zu mir um. Ich darf nicht vergessen, dass ich mit ihm nicht sprechen darf, während er Auto fährt.

Minka springt von einer Seite des Blazers zur anderen, sie jagt einen kleinen Nachtfalter, der durch das Rückfenster hereingeflogen ist. Ich schaue auf meine Armbanduhr: halb sechs. Aber dann fällt mir ein, dass es nur in New Jersey schon so spät ist. Hier ist es erst halb vier. Ich stelle meine Uhr um.

Wir durchfahren eine Reihe von S-Kurven und rechts neben uns fällt die Bergwand mehrere hundert Meter tief steil ab. Jason packt meinen Arm und drückt so fest zu, dass er Fingerabdrücke hinterlässt. Eine scharfe Kurve nach der anderen, und nun verstehe ich auch, warum Bitsy Los Alamos den Hügel nennt.

Auf halber Höhe hält Walter an einer Aussichtsstelle an und wir steigen aus dem Blazer, um uns die Beine zu vertreten und die Landschaft zu betrachten. Kilometer um Kilometer sieht man nichts als ein Meer von schroffen Felsen, die in tiefe Schluchten abfallen. Ich weiß nicht, wie ich diesen Blick jemals Lenaya und Hugh beschreiben soll.

»Jetzt kannst du sicher verstehen, weshalb Oppenheimer Los Alamos als den Ort für Projekt Y ausgesucht hat«, sagt Bitsy zu Mom.

»Was ist das Projekt Y?«, fragt Jason.

»Der Codename für den Bau der Atombombe«, sagt Bitsy. »Und Los Alamos war der geheime Ort, an dem die Wissenschaftler gewohnt haben, während sie daran gearbeitet haben.«

»Ist es immer noch ein geheimer Ort?«, fragt Jason.

Bitsy lacht. »Jetzt nicht mehr.«

Jason ist enttäuscht.

Wir steigen wieder in den Blazer und fahren noch ein paar Kilometer, bis wir im Städtchen ankommen. Nach der zweistündigen Fahrt, nach der atemberaubenden Landschaft, nachdem wir gehört hatten, dass die Stadt ein geheimer Ort war, bin auch ich jetzt enttäuscht. Los Alamos sieht ganz gewöhnlich aus. Flach und gewöhnlich. Einmal habe ich den Bruder einer Freundin in Fort Dix, einer Militärkaserne in New Jersey, besucht, und daran erinnert mich

Los Alamos. Wir könnten überall sein, denke ich, während wir an einem Einkaufszentrum, an der kleinen Stadtbücherei, an der Post vorbeifahren. Überall, egal wo.

Wir biegen rechts ab, in eine Straße namens Diamond Drive, und Bitsy zeigt auf die Highschool, ein weitläufiges braunes Gebäude aus braunen Hohlblocksteinen. Auf dem Parkplatz hängen zahlreiche Schüler herum. Sie tragen T-Shirts und Jeans. Ich habe vergessen, dass heute Donnerstag ist und dass die meisten Kinder in der Schule sind. Ich überlege mir, was wohl gerade an meiner Schule in Atlantic City los ist.

Dann biegen wir links ab und noch mal links und fahren in eine Einfahrt auf einer Straße, in der die meisten Häuser gleich aussehen, mit kleinen, säuberlich gemähten Rasenflächen und Studentenblumen davor. Alles kommt mir so bekannt vor, als hätte ich es schon mal gesehen, bis auf die Berge.

»Wir sind da!«, trällert Bitsy.

Vor der Garage parkt ein zweites Auto mit einem Aufkleber an der Stoßstange, auf dem *Ich liebe meinen Volvo* steht. Auf dem Weg ins Haus tätschelt Bitsy die Karosserie und meint: »Das hier ist mein Liebling.«

Walter trägt unsere Koffer ins Haus, geht dann wieder nach draußen, um den Blazer mit Wasser abzuspritzen, während Bitsy uns das Haus zeigt. Sie erklärt, dass es ursprünglich ein vom Staat gebautes Doppelhaus war, dass sie und Walter es jedoch umgebaut und ein Einfamilienhaus daraus gemacht haben.

Innen befindet sich ein riesiges Wohn-/Esszimmer. Die Möbel sind im Kolonialstil gehalten und erscheinen klein, aber nur deshalb, weil der Raum so groß ist. Ein offener

Kamin wird von zwei Sofas umrahmt, auf denen sich bestickte Sofakissen türmen.

In der Küche macht Bitsy die Tiefkühltruhe auf und sagt: »Wir kaufen jedes Jahr ein halbes Rind.«

Jason und ich blicken in die Truhe. Ich rechne damit, eine halbe Kuh zu sehen, aber es sind nur stapelweise ordentlich verpackte Päckchen da, auf denen *ein Pfund Hackfleisch, drei Pfund Suppenfleisch* steht. Auch Tiefkühlgemüse ist in rauen Mengen da, genug für sechs Monate.

Der erste Stock ist in zwei Flügel aufgeteilt. Bitsy zeigt uns unseren Flügel, der aus drei kleinen Schlafzimmern und einem Bad besteht. Er unterscheidet sich nicht sehr von unserem Haus in Atlantic City. Bitsy und Walter haben ein Badezimmer und ein WC im anderen Flügel.

»Abendessen gibt's in einer Stunde auf der Terrasse«, sagt Bitsy.

Ich mache die Tür zu meinem Zimmer zu und lasse mich mit Minka aufs Bett fallen. Doch Minka kann es nicht erwarten, alles zu untersuchen, und will sich nicht festhalten lassen. Ihr gefallen die kleinen Wollbällchen auf der weißen Tagesdecke aus Chenille. An einer Wand hängt eine Sammlung alter Fotos. Ich betrachte sie eine ganze Weile, bevor mir klar wird, dass sie die Familie meines Vaters zeigen. Manchmal vergesse ich ganz, dass Bitsy die Schwester meines Vaters ist. Dass sie dieselben Eltern hatten.

Am Fußende meines Bettes steht eine restaurierte Truhe, über die eine gelb-weiß gemusterte Decke gefaltet ist. Ich werfe die Decke auf das Bett und öffne die Truhe. Sie ist leer. Aber sie ist sorgfältig mit einem Stoff im Paisleydruck ausgelegt. Wenn die Truhe mir gehörte, dann würde ich ganz besondere Sachen darin aufbewahren, wie zum Beispiel mein Twinset aus Angora und mein Tagebuch und meine Lieblingsbücher.

Ich entschließe mich auszupacken, weil ich mich bestimmt besser fühlen werde, wenn meine Sachen weggeräumt sind. Sorgfältig verstaue ich meine Kleidungsstücke in den Schubladen der Kommode und hänge mein Kleid und die beiden Jacken in den Schrank. Ich stelle die braune Papiertüte auf das oberste Regal im Schrank, in die hintere Ecke. Ich schiebe das Brotmesser unter mein Kopfkissen. Da. Fertig. Ich nehme Minka auf den Arm und trage sie die Treppe hinunter.

Der Rest meiner Familie ist schon draußen. Jason ist im Garten und wirft ein Frisbee in die Luft; meine Mutter liegt ausgestreckt in einem Liegestuhl auf der Terrasse und nippt an einem Drink; Walter hat sich wie ein Chefkoch eine Schürze umgebunden und brutzelt Hamburger auf dem Grill; und Bitsy flitzt zwischen Haus und Terrasse umher, trägt Essteller, eine hölzerne Salatschüssel und einen Obstkorb heraus.

Plötzlich bekomme ich Hunger. Ich weiß nicht, ob es die Uhrzeit ist oder der Geruch der auf Holzkohle gegrillten Hamburger oder was auch immer. Aber so hungrig bin ich seit jenem Abend nicht mehr gewesen. Vorher hatte ich immer einen Riesenappetit und Mom neckte mich immer, dass ich aufpassen müsse, sonst würde ich noch fett werden. Nicht sehr wahrscheinlich. Ich wiege nur 46 Kilo und bin 1,65 m groß und jetzt, nachdem ich so viel abgenommen habe, wiege ich wahrscheinlich nicht mehr als 42 Kilo.

Walter sieht nach, ob das Fleisch durch ist, und ruft: »Jason … das Essen ist fertig.«

Jason kommt auf die Terrasse gerannt und wir setzen uns an den Rotholztisch.

»Nun«, sagt Bitsy und wedelt mit der Gabel, »wie gefällt euch unser Heim?«

»Es ist wunderschön«, sagt Mom. Aber sie klingt verträumt, so als ob sie von etwas ganz anderem spricht.

Bitsy seufzt. »Weißt du, Davey, als wir dieses Haus gekauft haben, planten wir eigentlich, hier eine Familie zu gründen, aber ... c'est la vie.«

Ich antworte nicht. Ich weiß nicht, was ich sagen soll.

»Jahrelang haben wir es versucht«, fährt Bitsy fort. »Wir haben alle medizinischen Untersuchungen machen lassen, die man sich nur vorstellen kann. Nicht wahr, Walter?«

»Ja, das haben wir«, sagt Walter.

»Natürlich gibt es heutzutage so viele neue Methoden ... aber für uns ist es jetzt zu spät.«

Ich denke daran, wie meine Eltern nur ein einziges Mal ein Risiko eingegangen sind, und *boom* – schon war ich auf dem Weg. Ich frage mich, wie Walter und Bitsy das empfinden. Ich bin sicher, sie wissen es. Und ich frage mich, warum sie nie ein Baby adoptiert haben, wenn sie sich doch so sehr eins wünschten. Aber ich frage sie nicht. Ich esse meinen Hamburger auf und nehme mir eine zweite Portion Kartoffelsalat.

»Siehst du den Aprikosenbaum«, sagt Bitsy und zeigt mit dem Finger darauf. »Wir haben ihn in dem Jahr gepflanzt, als wir hier eingezogen sind. Ist er nicht schön?«

»Ja«, sagen wir alle gleichzeitig.

»Wir freuen uns so, dass ihr hier seid«, sagt Bitsy und drückt Mutters Arm. »Und wir wollen, dass ihr euch hier absolut wohl fühlt.«

Bitsy redet so, als ob wir wirklich im Urlaub sind. Als ob alles bestens ist. Als ob wir eine ganz normale Familie sind, die ihre Verwandten besucht und auf der Terrasse zu Abend isst.

Niemand erwähnt den wahren Grund unseres Aufenthalts.

Niemand erwähnt meinen Vater.

Zum Nachtisch serviert Bitsy eine Erdbeereistorte mit Krümelboden.

»Mhmm«, sagt Jason beim Probieren und leckt sich die Lippen. »Das schmeckt echt gut.« Er schlingt seine Portion hinunter und rennt dann wieder in den Garten, um mit seinem Frisbee zu spielen.

Bitsy serviert Kaffee. Ich trinke niemals Kaffee, nehme aber trotzdem eine Tasse und versüße sie mit vier Zuckerwürfeln und Sahne bis zum Rand.

Ich höre nur halb zu, während Walter und Bitsy über das Städtchen reden, über ihre Freunde, über all die interessanten Sehenswürdigkeiten, die wir uns anschauen werden.

Und dann, mit einem Mal, ruft Jason: »Mommy … Mommy …«, und kommt auf die Terrasse zurückgerannt und hält sich die Hände vors Gesicht.

Als er sie sinken lässt, sehe ich das Blut. Blut, das hervorquillt – hervorquillt und auf seine Kleidung tropft, auf die Terrasse tropft. Ich gerate in Panik und schreie. Ich schreie und schreie, bis Mom mich bei den Schultern packt, mich schüttelt und ruft: »Davey, hör auf! Hör auf! Es ist bloß Nasenbluten. Mehr nicht. Bloß Nasenbluten.« Sie umarmt mich ganz fest und meine Schreie verwandeln sich in Schluchzen. »Es ist alles okay, Liebling«, sagt Mom immer wieder. »Es ist okay.«

Bitsy hält mir ein Glas unter die Nase und sagt: »Hier … nimm einen Schluck …«

Ich versuche zu sagen: Was ist das?, aber ich kriege kein Wort heraus.

Bitsy scheint trotzdem zu verstehen, was ich sagen will, denn sie sagt: »Es ist Brandy. Du wirst dich danach besser fühlen.«

Ich nehme einen Schluck und er brennt mir in der Kehle. Brennt mir in der Kehle und bringt mich zum Husten. Ich nehme trotzdem einen zweiten Schluck, dann einen dritten. Mir wird warm im Magen. Ich setze mich hin und versuche, normal zu atmen.

»Du kannst aber laut schreien«, sagt Jason. Er sitzt auf Walters Schoß, der ihm einen Eisbeutel in den Nacken drückt.

»Es kommt vom Höhenunterschied«, erklärt Walter mir. »Manche Menschen bekommen anfangs Nasenbluten. Es ist völlig harmlos.«

»Es ist völlig harmlos«, wiederholt Jason. »Hast du gedacht, ich sterbe?«

»Nein, natürlich nicht«, antworte ich.

»Warum hast du dann so geschrien?«

Unfähig zu antworten, schüttle ich den Kopf.

Acht

Eine Woche später, während wir am Esstisch sitzen, frage ich Bitsy, ob ich mir morgen ihr Fahrrad ausleihen kann. Ich habe zwei Räder in der Garage gesehen, beide mit dem Namen Kronick beschriftet, und auf der Lenkstange sind ihre Anschrift, Telefonnummer und ihre Sozialversicherungsnummern eingraviert.

»Natürlich«, sagt Bitsy, »solange du einen Helm aufsetzt.«

»Einen Helm?«, frage ich.

»Ja. Du kannst meinen nehmen.« Sie leert ihre dritte Tasse Kaffee und wischt sich mit einer Serviette den Mund ab.

»Aber in Atlantic City fahre ich auch immer Rad«, sage ich zu ihr, »und da trage ich nie einen Helm.«

»Ich bestehe aber darauf«, sagt Bitsy, während sie aufsteht und unsere Teller aufeinander stapelt.

»Wirklich?«, frage ich. »Meinst du das ernst?« Natürlich weiß ich, dass sie es ernst meint. Aber ich habe eine leise Hoffnung, dass ich ihre Einstellung ändern kann, wenn ich nur lange genug frage.

»Du kannst drauf wetten, dass es mir ernst damit ist.«

Meine Hoffnung schwindet.

»Okay, ich werde den Helm tragen.« Ich werde alles ertragen, nur um ein wenig Zeit für mich zu haben. Ein wenig Zeit für mich allein, um nachzudenken.

»Wir fahren um halb elf zum Cochitisee. Sorge dafür, dass du rechtzeitig wieder zurück bist.«

Der Cochitisee ist die Nummer eins auf der Ausflugsliste für morgen. Walter hat sich diese Woche frei genommen, um uns die Sehenswürdigkeiten zeigen zu können. Bisher haben wir schon Camel Rock, Bandelier National Monument, drei indianische Pueblos, Taos und die Ranch von D. H. Lawrence besichtigt.

Aber ich glaube nicht, dass ich noch einen Tag der Besichtigungen von Sehenswürdigkeiten mit der Familie ertragen kann. Es ist ein heikles Thema und ich muss es vorsichtig ansprechen. Daher räuspere ich mich und sage: »Eigentlich würde ich mich für morgen lieber abmelden. Das heißt, wenn es euch nichts ausmacht.« Ich kann nicht erkennen, was sie denken, deshalb fahre ich fort: »Ich würde einfach gern auf deinem Fahrrad in der Gegend herumfahren und mich vielleicht auf der Terrasse sonnen ...«

Es ist ganz wichtig, dass ich sie nicht verletze. Sie waren bisher wirklich nett. Aber es hängt mir zum Hals raus, Walters Vorträge über alles und jedes anzuhören, von Black Mesa bis Schwarzlehmtöpfern und von der Solarenergie bis hin zur Atomkraft. Er redet, als ob er auf jedem Gebiet ein Experte ist. Und wer weiß? Vielleicht ist er es ja auch.

Bitsy ist die Erste, die etwas sagt. »Na ja«, sagt sie vorsichtig, »Ruhe und Erholung hatten wir eigentlich für nächste Woche eingeplant, wenn Walter wieder ins Labor muss.«

»Aber es ist genau das, was ich jetzt brauche«, sage ich bestimmt und bin über mich selbst überrascht.

»Was meinst du, Walter?«, fragt Bitsy.

Walter überlegt, als ob die Sicherheit der Welt davon abhinge. »Hmmm ...«, fängt er an. Ich spiele mit den Knöpfen an meiner Bluse und warte. »Ich glaube, es geht in Ordnung«, sagt er endlich, »wenn Davey verspricht, gut auf sich aufzupassen.«

»Na klar«, sage ich zu ihnen. »Ich werde gut auf mich aufpassen.«

»Gwen ...«, sagt Bitsy und sieht Mom am anderen Ende des Tischs an. »Bist du einverstanden?«

»Was? O ja ... okay«, sagt meine Mutter. Ich habe das Gefühl, als ob sie noch nicht einmal weiß, worüber wir sprechen. Sie sieht geistesabwesend aus.

»Und wenn Davey nicht mit uns mitkommt, dann hab ich den ganzen Rücksitz vom Blazer für mich allein, stimmt's?«, sagt Jason.

»Stimmt nicht«, sagt Bitsy zu ihm. »Ich werde mich nach hinten setzen und dich den ganzen Weg bis Cochiti kitzeln.«

»Nein!«, kreischt Jason vor Vergnügen.

Sie spielen ständig ein Spiel, bei dem Bitsy droht, Jason zu kitzeln, es jedoch nie wirklich tut. Jason ist schrecklich kitzlig. Er wird schon hysterisch, wenn man sich mit dem Finger seinem Körper nähert und durch Wackeln andeutet, dass er jetzt gleich dran ist. Ich habe einmal einen Artikel gelesen, in dem stand, dass Kitzeln eine Form von Folter ist. Ich frage mich, ob Bitsy das weiß.

Neun

Am nächsten Morgen nehme ich mir ein Stück Toast, gehe gleich in die Garage und führe Bitsys Fahrrad auf die Einfahrt hinaus und sehe beim Hinauskommen, wie Walter seine Waffe hinten in den Blazer schiebt. Mittlerweile habe ich mich schon daran gewöhnt. Jedes Mal bevor Walter den Hügel verlässt, legt er die Waffe automatisch in den Blazer. Und sobald er zurückkehrt, wird die Waffe weggebracht. Ich weiß nicht, wo im Haus er sie aufbewahrt. Und ich will es auch gar nicht wissen.

»Tschüs, Onkel Walter«, rufe ich.

»Vergiss nicht … fahre immer dem Verkehr entgegen«, sagt Walter zu mir. »Das ist eine Regel, die wir hier auf dem Hügel befolgen.«

»Dem Verkehr entgegen«, wiederhole ich.

»Bis später, Davey.«

»Da kannst du drauf wetten«, rufe ich schon im Wegfahren. *Da kannst du drauf wetten* ist Walters und Bitsys Lieblingsausdruck. Manchmal bedeutet er *ja*, manchmal auch *bitte schön*. Und manchmal bedeutet er einfach *okay*. Dies ist das erste Mal, dass ich ihn ausprobiert habe.

Sobald ich auf dem Diamond Drive bin, halte ich an und nehme den Helm ab, den ich in die Fahrradtasche aus Segeltuch stecke. Ich schüttle mein Haar aus. Jetzt ist es besser. Was sie nicht wissen, macht sie nicht heiß. Ich fahre den Diamond Drive hinauf, an der Highschool vorbei. Gruppen von Schulkindern hängen auf dem Parkplatz herum. Ich habe vergessen, dass heute Freitag ist, wieder ein Schultag. Was mich daran erinnert, wie viel Unterricht ich versäume. Sechzehn Tage. Obwohl, sechzehn Tage am Anfang des Schuljahres sind nicht so schlimm. Ich wette, wenn ich will, kann ich sie in einer Woche nachholen.

Ich trete fester und schneller in die Pedale, bis mir die Beine wehtun. Der Schmerz geht von meinen Waden aus und breitet sich nach oben bis in meine Oberschenkel aus. Meine Schultern schmerzen. Aber das ist mir egal. Ich war so lange wie betäubt, dass der Schmerz mir jetzt das Gefühl gibt, wieder lebendig zu sein. Ich wünschte, ich könnte das ganze Schuljahr schwänzen. Ich wette, ich könnte mir alles zu Hause erarbeiten. Ich wünschte, ich brauchte nie mehr in die Schule zurück. Was bringt es dir im Endeffekt?

Mir fällt das Atmen schwer, aber nicht weil ich hyperventiliere. Sondern von der körperlichen Anstrengung. Von der Höhe. In 2225 Metern Höhe ist alles viel, viel schwerer. Sogar das Atmen.

Der Schweiß rinnt mir von der Stirn, beißt mir in die Augen. Er läuft mir unter dem T-Shirt den Rücken hinunter und in die Kniekehlen, aber ich fahre weiter, an der Conoco-Tankstelle vorbei, am Golfplatz vorbei, den Berg hinauf, bis ich an eine Stelle komme, an der hohe Kiefern stehen. Ich biege von der Straße ab und stelle das Rad an einem Baum ab. Ich bahne mir einen Weg durch den Wald, bis ich an eine wunderschöne Schlucht komme. Die Landschaft hier fasziniert mich noch immer. Fast erwarte ich, in der Ferne Hufschlag zu vernehmen und dann einen Cowboy zu erblicken, der mit donnerndem Getöse angeritten kommt, auf einem schnellen schwarzen Hengst.

Ich sitze auf einem Felsbrocken am äußersten Rand des Abgrunds, umklammere meine Knie und schaue hinunter. Der Felsen ragt vor und vermittelt mir das Gefühl, als ob ich einfach davonfliegen könnte.

Wie schnell kann sich alles ändern, denke ich. In einem Augenblick lebst du und im nächsten könntest du schon tot sein. Es lässt sich nie voraussagen, was passieren wird. Wenn dieser Felsen sich löst, dann werde ich fallen, denke ich. Auf den Grund der Schlucht fallen. Werde ich einfach fallen, frage ich mich, oder irgendwie sanft hinabschweben? Auf alle Fälle werde ich mir den Kopf zertrümmern und mir die Knochen brechen. Wie lange wird es dauern, bis sie mich finden? Tage, Wochen, einen Monat? Vielleicht werde ich nie gefunden werden. Dann werden die Bussarde auf mein Fleisch einhacken, bis nichts mehr von mir übrig ist. Nichts als Knochen. Gebrochene Knochen.

Ich verdränge die Vorstellung und konzentriere mich auf die Schönheit der Schlucht. Ich versuche mir auszumalen, wie es wäre, auf dem Grund zu sein, wo sie an allen Seiten aufragt. Ich habe Lust hinunterzuklettern, aber dann fällt mir Bitsys Geschichte von dem vierzehnjährigen Jungen ein, der durch einen herabfallenden Felsbrocken getötet wurde, als er in einer Schlucht herumkletterte. Und von der Frau, die ausgerutscht und hingefallen ist und sich dabei das Bein gebrochen hat. Als man sie schließlich fand, befand sie sich im Schockzustand und hat ihn nicht mehr überlebt.

Bitsy und Walter stecken voller Geschichten über das,

was alles passieren könnte. Sie gehen keine Risiken ein. Wahrscheinlich werden sie hundert Jahre alt.

Ich entschließe mich, trotzdem hinunterzuklettern. Ich weiß nicht, ob ich rückwärts gehen und mich dabei an den Felsen festhalten soll oder ob ich versuchen soll, vorwärts hinunterzusteigen. Ich kombiniere beide Methoden und mache mich auf den Weg.

Hinunter, hinunter steige ich Fels um Fels, verliere manchmal den Halt und halte mich an einem Ast fest, um das Gleichgewicht wiederzugewinnen.

Hinunter, hinunter steige ich in die Schlucht und die steilsten Wände rutsche ich auf dem Hintern hinunter.

Hinunter, hinunter.

Ich weiß nicht, wie lange es dauert. Eine halbe Stunde? Eine Stunde? Ich habe meine Uhr zu Hause gelassen, weil ich wusste, dass ich heute keinen Zeitplan einhalten muss. Dass Heute mir allein gehört.

Hinunter, hinunter bis auf den Grund der Schlucht.

Jetzt schaue ich nach oben, überrascht, wie weit ich gekommen bin, und eine Sekunde lang erinnere ich mich daran, dass ich wieder hochklettern muss, dass ich nicht zu weit gehen sollte. Dann werde ich von einer Eidechse abgelenkt. Wie vollkommen sie sich doch ihrer Umgebung anpassen kann. Ich stehe da und sehe zu, wie sie von Fels zu Fels springt. Ich strecke mich ebenfalls auf einem Felsen aus, halte mein Gesicht der Sonne entgegen und es überkommt mich so ein Gefühl. Das Gefühl, dass ich all dies mit meinem Vater teilen will. Ich habe ein so starkes Verlangen, mit ihm zu reden, dass es wehtut. Ich will ihm erzählen, wie ich ganz allein in die Schlucht geklettert bin. Dass ich keine Angst hatte. Ich will ihm alles erzählen.

Alles, was seit jenem Abend geschehen ist. Alles, was ich denke und fühle.

Ich wünschte, ich könnte seinen Kuss noch einmal auf meiner Stirn spüren, so zart und liebevoll. Ich wünschte, ich könnte seine Hände spüren, wie sie mir das Haar aus dem Gesicht streichen. Seine Hände waren so groß. Groß genug, um einen Basketball in eine Hand zu nehmen. Groß genug, um Jason in die Höhe zu halten.

Ich erinnere mich daran, wie warm es sich angefühlt hat, ihm nahe zu sein. Wie sicher.

Und wenn nun alles nur ein Irrtum ist, denke ich. Wenn er gar nicht tot ist. Wenn wir nun nach Atlantic City zurückkommen und er da ist, im Laden arbeitet. Und dann wird er sagen: Na … na … wenn das nicht Davey Wexler ist …

Und ich werde sagen: Aus Fleisch und Blut.

Und dann werden wir lachen. Und ich werde niemals zu beschäftigt sein, um mit ihm am Strand spazieren zu gehen oder ihm im Laden zu helfen oder einfach nur still neben ihm zu sitzen, wie früher.

O Daddy, bitte sei nicht tot. Bitte!

Und dann erschlägt mich die Erkenntnis, dass ich nie wieder mit ihm zusammen sein werde. Nie wieder. Dass er nicht zurückkommt.

Du musst der Wirklichkeit ins Auge sehen, Davey. Du musst die Tatsachen akzeptieren.

Ich setze mich auf und halte die Hände trichterförmig vor den Mund.

»Daddy …«, rufe ich.

Ich höre mein Echo rundum. Daddy … Daddy … Daddy …

Ich stehe auf und rufe lauter: »Kannst du mich hören, Daddy? Kannst du mich hören?«

Dann höre ich eine Stimme, die mir antwortet, und sie ist nicht mein Echo.

»He … he, du da unten«, ruft sie.

Ich drehe mich um, versuche sie zu finden.

»He … bist du okay?«

Jetzt entdecke ich ihn. Er steht auf halber Höhe in der Schlucht und ist teilweise von einem Baum verdeckt.

»Wer … ich?«, frage ich, als ob er jemand anderes meinen könnte.

»Ja … du«, ruft er und fängt an, weiter hinunterzuklettern. Mit der Hand schütze ich meine Augen vor der Sonne und erkenne, dass er einen sehr sicheren Tritt hat. Er rutscht weder aus, noch fällt er hin, wie ich.

Er erreicht schnell die Talsohle und kommt auf mich zu. Er ist ungefähr neunzehn oder zwanzig, trägt verwaschene abgeschnittene Jeans, Wanderschuhe, aus deren oberem Rand Wollsocken herausgucken, und kein Hemd. Auf dem Rücken hat er einen Rucksack. Er ist ungefähr 1,75 m groß, braun gebrannt und hat dunkles Haar.

»Ich dachte, du brauchst Hilfe«, sagt er. »So wie du gerufen hast …«

Seine Augen sind dunkelbraun.

»Nein«, sage ich, »alles ist okay.«

»Was machst du denn hier unten?« Jetzt klingt er nicht mehr so freundlich.

»Nachdenken«, sage ich zu ihm. »Gibt's dagegen vielleicht ein Gesetz?« In Wirklichkeit stehe ich Todesängste aus. Mein Herz pocht laut. Was ist, wenn er ein Verrückter ist, denke ich. Was ist, wenn er ein Vergewaltiger oder noch was Schlimmeres ist. Wenn ja, dann bin ich erledigt. Ich muss mich darauf gefasst machen. Auf keinen Fall werde ich zulassen, dass er mich überwältigt. Ich weiß, was ich tun werde. Ich werde ihm den Kopf mit einem Stein einschlagen. Ein Stein. Ich muss einen passenden Stein finden. Mit den Augen suche ich den Boden ab und erblicke einen guten Stein, noch nicht mal drei Meter entfernt. Ich bewege mich langsam darauf zu und wünsche, ich hätte mein Brotmesser mitgenommen.

»Gegen das Nachdenken gibt's kein Gesetz«, sagt er, »außer dass du allein bist.«

Wahrscheinlich ist er ein Junkie. Wahrscheinlich kommt er in die Schlucht, um sich Rauschgift zu spritzen, denke ich, oder um Tabletten einzuwerfen oder einfach um sich zu bekiffen.

»Na und … bin ich halt allein«, sage ich und klinge von Minute zu Minute zickiger. »Gibt's dagegen ein Gesetz?« Jetzt stehe ich direkt vor dem Stein. Ich muss ihn nur noch aufheben und *crash*…

»Nein, aber es sollte eins geben«, sagt er.

»Ach ja … und warum?« Es fällt mir schwer, unserem Gespräch zu folgen, aber ich weiß, dass es am besten ist, ihn reden zu lassen. Je länger er redet, desto unwahrscheinlicher wird es, dass er angreift. Das habe ich irgendwo gelesen.

»Wer soll Hilfe holen, wenn du sie brauchst?«, fragt er mich.

Ich finde, das ist eine interessante Frage, besonders, da sie ausgerechnet von ihm kommt. Ich behalte den Stein im Auge. Jeder Muskel in meinem Körper ist angespannt und bereit zum Sprung, falls es notwendig sein sollte.

»Angenommen, du rutschst aus und fällst hin …«, fängt er wieder an.

»Angenommen, das passiert dir selber? Du bist doch auch allein, oder?« Ja, so ist es richtig. Man muss ihm ein bisschen Angst machen. Soll er doch denken, dass ich womöglich die Verrückte bin, die nur wartet, darauf wartet, sich in der Einsamkeit der Schlucht auf ihn zu stürzen.

»Ich habe viel Erfahrung damit«, sagt er.

»Und woher willst du wissen, dass ich keine Erfahrung habe?«

Da lacht er. Im Kontrast zu seiner braunen Haut sind seine Zähne sehr weiß. »Du kannst deinen Allerwertesten doch noch nicht mal von deiner Achsel unterscheiden«, sagt er.

Ellbogen, denke ich. Er meint Ellbogen. »Hör mal zu, du Chauvi«, sage ich und sehe ihm direkt in die Augen. »Hau bloß ab!« Ich klinge bullenstark.

Doch wieder lacht er nur. »Bist du immer so zickig?«

»Nee«, sage ich. »Nur, wenn ich Lust dazu habe.«

»Du bist neu hier.« Es klingt wie eine Feststellung, nicht wie eine Frage.

»Und wennschon?«

»He, jetzt reg dich mal ab … Ich beiß dich schon nicht. Alles, was ich sagen will, ist, dass du das nächste Mal einen Freund oder eine Freundin mitnehmen solltest. Das ist sicherer.«

»Ich habe keine Freunde.«

»Dann such dir welche«, sagt er zu mir. Er bückt sich und ich kriege einen Mordsschreck bei dem Gedanken, dass er es auf meinen Stein abgesehen haben könnte. Dass er mir damit eins überbraten könnte. Aber er hebt nur eine

Hand voll Kieselsteine auf. Er lässt sie in der Handfläche klimpern. Dann sagt er, ohne mich anzusehen: »Auf wen bist du eigentlich so sauer?«

»Auf die ganze Welt«, sage ich zu ihm, ohne nachzudenken. Meine Antwort auf seine Frage und die Wut in meiner Stimme überraschen mich selbst. Es ist das erste Mal, dass mir klar wird, dass ich wegen meines Vaters nicht nur traurig bin, sondern auch wütend. Wütend, weil er sterben musste. Und wütend auf denjenigen, der ihn umgebracht hat.

Er setzt sich auf einen Felsen, öffnet seinen Rucksack und zieht eine Wasserflasche heraus. Ich sehe ihm zu, während er einen Schluck nimmt. Ich bin so durstig, dass ich es fast nicht mehr aushalten kann. Das Innere meines Mundes ist ausgedörrt. Meine Zunge fühlt sich geschwollen und pelzig an. Für einen Schluck Wasser würde ich alles geben.

Er scheint dies zu spüren, denn er sieht mich an und sagt: »Du hast Durst.«

»Ein bisschen«, sage ich und fahre mir mit der Zunge über meine ausgetrockneten Lippen.

»Du bist ohne Wasserflasche in die Schlucht geklettert.«

»Ich hab sie vergessen«, lüge ich. »Sie ist zu Hause.«

»Hier …« Er reicht mir seine. Ich bin so erleichtert, dass ich am liebsten weinen würde. Ich habe vor, nur einen kleinen Schluck zu nehmen, doch sobald ich die Flasche an meine Lippen setze, kann ich nicht mehr aufhören. Ich trinke und trinke, bis er sie mir wegnimmt.

»Langsam«, sagt er, »sonst wird dir schlecht.«

Ich beginne mich zu entspannen. Er will mir doch nichts tun.

»Wie heißt du?«, frage ich ihn.

»Du kannst mich Wolf nennen.«

»Ist das ein Vorname oder ein Nachname?«

»Beides.«

»Oh.« Ich weiß nicht, was ich sonst sagen soll.

Er steht auf, steckt die Wasserflasche wieder in den Rucksack, reckt sich und sagt: »Okay … gehen wir.«

»Gehen?« Ich hätte nicht so vertrauensvoll sein dürfen. »Wohin?«

»Wieder nach oben«, sagt er. »Es ist ein Uhr. Ich hab um zwei Uhr eine Verabredung.«

»Dann geh doch«, sage ich zu ihm.

»Du kommst mit.«

»Ach wirklich!«, sage ich.

»Ja … wirklich.«

»Lass dir was anderes einfallen«, sage ich.

»Ich lasse dich nicht allein hier unten. Ich habe keine Lust, später vom Such- und Rettungskommando hergerufen zu werden. Ich habe anderes zu tun.«

»Such- und Rettungskommando?«

»Ganz richtig.«

Ich denke an den vierzehnjährigen Jungen, der durch einen herabfallenden Felsbrocken erschlagen worden ist, und an die Frau, die sich das Bein gebrochen und einen Schock erlitten hat, und ich frage mich, ob man Wolf da auch geholt hat. Aber das frage ich ihn nicht. Stattdessen sage ich: »Ich bin stärker, als ich aussehe.«

»Klar bist du das. Gehen wir also. Ich bin in Eile.«

»Woher weiß ich, dass ich dir trauen kann?«

»Siehst du hier vielleicht irgendjemanden, dem du mehr trauen kannst?«

Ich schaue mich um. Er geht los. Ich entschließe mich, ihm zu folgen.

Er klettert schnell. Ich versuche, genau dorthin zu treten, wohin er seinen Fuß gesetzt hat.

Nach einer Weile frage ich ihn, ob er hier in der Gegend zur Schule geht.

Er antwortet nicht.

Ich sage es nochmals, diesmal lauter. »Gehst du hier in der Gegend zur Schule, Wolf?«

»Je mehr du redest, desto schwerer wird dir das Klettern«, sagt er, ohne sich umzudrehen.

Okay, denke ich. Selbst wenn es mir schwer fällt, mit ihm mitzuhalten. Selbst wenn ich schwer atme. Selbst wenn ich ein bisschen aus der Form bin. Na und? Nichts davon sage ich laut. Stattdessen beobachte ich seine Beinmuskeln. Ich sehe, wie braun und glatt die Haut auf seinem Rücken ist, wie sein Haar gerade mal seinen Nacken bedeckt, wie schmal seine Hüften sind, wie stark seine Arme und Schultern aussehen.

Als ob er wüsste, was ich denke, dreht er sich um. »Wie geht's?«

»Okay. Alles klar. Ich hab dir doch gesagt, dass ich stark bin.« Ich wische mir mit dem Handrücken den Schweiß aus dem Gesicht.

Wolf dreht sich um und klettert weiter.

Ich folge ihm, stolpere dann über einen Stein und schürfe mir das Knie auf. Am liebsten würde ich laut schreien, aber ich tue es nicht. Ich muss mich beeilen, um mit ihm mitzuhalten. Er scheint nichts zu merken.

Schließlich kommen wir oben an und Wolf begleitet mich zu meinem Fahrrad und danach bis an die Straße. Ich frage mich, ob ich die Kraft haben werde, noch nach Hause zu fahren, dann fällt mir ein, dass es fast nur bergab geht.

Wolf lehnt sich gegen einen Baum und kaut auf einem Grashalm herum.

»Also danke«, sage ich. »Danke für das Wasser und die Führung durch die Sehenswürdigkeiten.«

Er nickt. Einen Augenblick lang sind wir beide still. Dann sagt er: »Besorg dir ein Paar stabile Schuhe. Adidas sind okay zum Tennisspielen, nicht zum Bergsteigen. Und bring das nächste Mal eine Wasserflasche mit.«

Ich besteige mein Fahrrad.

»Wie heißt du?«, fragt er mich, als ich gerade abfahren will.

Ich überlege eine Minute, bevor ich antworte. Dann sehe ich ihm ins Gesicht und sage: »Du kannst mich Tiger nennen.«

»Ist das ein Vorname oder ein Nachname?«, fragt er.

»Weder noch!«, sage ich und diesmal fahre ich wirklich ab. Ich weiß, dass er mir hinterherschaut, aber ich drehe mich nicht um. Ich kann sein Lachen hören.

Und auch ich lache.

Zehn

Zu Hause verschlinge ich hungrig das Sandwich mit Hähnchenfleisch, das Bitsy für mich dagelassen hat, dann nehme ich eine heiße Dusche. Mein ganzer Körper ist verspannt und schmerzt, aber trotzdem fühle ich mich gut. Ich fange an zu singen. Ich singe einen Song nach dem anderen, froh, dass niemand zu Hause ist, der mich hört oder sieht, wie viel Wasser ich verbrauche. Ich wasche mir die Haare, ich schrubbe alle Zwischenräume zwischen den Zehen und die ganze Zeit über singe ich. Ich überlege mir, ob ich von der Schule abgehen und eine Karriere als Sängerin anstreben soll. Ich sehe es deutlich vor mir – mein Name in Leuchtbuchstaben auf einem sich drehenden Schild vor dem Hotel und Kasino »Resorts International«. Innen verkündet der Ansager mein Debüt: *Meine Damen und Herren … und hier ist sie nun, die große Davey Wexler aus Atlantic City!* Trommelwirbel. Ich betrete die Bühne in einem langen, fetzigen schwarzen Kleid mit Seitenschlitz, mein Haar fällt mir lang über den Rücken und hinter meinem Ohr steckt eine Rose. Ich nehme das Mikrofon und der ganze Saal verstummt, sodass man das Schnalzen meiner Finger hören kann, als ich mir rauchiger, sexy Stimme zu singen anfange, die ganz anders klingt als meine Sopranstimme im Chor. Meine Mutter sitzt mit Jason, Lenaya und

Hugh ganz vorne am besten Tisch des Saals und trinkt Champagner.

Am anderen Ende des Saals, allein an einem Tisch, sitzt Wolf. Ich kann den Blick nicht von ihm wenden. Es scheint, als ob ich jedes Lied nur für ihn singe. Als ich fertig bin, tobt das Publikum und ruft *Zugabe, Zugabe.* Ich singe noch zwei Songs. Danach stürmt Wolf auf die Bühne und überreicht mir einen Rosenstrauß. Dutzende von Rosen. Blütenweiß.

Meine Mutter und Jason, Lenaya und Hugh wundern sich alle, wer dieser Fremde wohl ist. Dieser Fremde, der offensichtlich ganz verrückt nach Davey ist.

Elf

Während ich mir die Haare trockne, fange ich an, mich daran zu erinnern, wie ich mich an jenem Abend, an dem mein Vater umgebracht wurde, geduscht habe … Ich war voller Sand vom Strand. Und es war so heiß und schwül, dass selbst die kühle Dusche nichts half.

Der Knopf an der Klimaanlage im Wohnzimmerfenster war ganz aufgedreht und in beiden Schlafzimmern hinten im Haus drehten sich die Deckenventilatoren. Wir ließen nur eine kleine Lampe brennen, um Strom zu sparen, da die gesamte Ostküste vor einem möglichen Stromausfall gewarnt worden war.

Jason rannte in seiner Badehose und seinem Dracula-Umhang herum und kämpfte eine Phantasieschlacht mit seinen Modellflugzeugen. »Wham … ich hab dich erwischt. Peng, peng, peng … ich dich auch …«

»Beeil dich, Jase«, rief meine Mutter. »Zieh dir was an, sonst verpassen wir noch den Sonderverkauf.« Sie wollte mit Jason zu Jean Machine. Dort waren Kindersachen zum Schulanfang reduziert.

»Davey, würdest du mir bitte den Reißverschluss zumachen?«, bat Mom, während sie an meine Zimmertür klopfte.

Ich drehte meine Bruce-Springsteen-Kassette um und

tanzte durch das Zimmer zur Tür. Mom, groß, schlank und barfüßig, betrat rückwärts mein Zimmer. Ich zog den Reißverschluss an ihrem weißen Sommerkleid zu und führte das Häkchen darüber durch die Öse. Sie trug ihre Sandalen in der Hand und das nasse Haar hing ihr offen über die Schultern. Sie roch nach Ivoryseife und nach Babypuder. Mein eigenes nasses Haar tropfte mir auf den Rücken und ich trug noch immer nichts außer einem umgebundenen Handtuch, während ich versuchte mich zu entscheiden, was ich zum Spaziergang mit Hugh anziehen sollte.

»Deine Nase schält sich schon wieder«, sagte Mom.

Ich berührte sie. »Ich weiß.«

»Tu ein paar Tage lang Zinksalbe drauf. Bis sie geheilt ist.«

»Zinksalbe ist ekelhaft. Lieber soll sich meine Nase schälen.«

»Wir sind gegen zehn wieder zurück«, sagte Mom und vergaß meine Nase, »es sei denn, wir essen noch ein Eis … aber spätestens um elf.«

»Okay.«

Sie sah auf ihre Armbanduhr. Es war eine Uhr aus Rotgold mit einem winzigen Rubin auf jeder Seite des Uhrblatts, einem gewölbten Uhrglas und einem schmalen goldenen Kettenband. Sie hatte meiner Großmutter gehört, die vor fünfzehn Jahren gestorben war. Kurz vor meiner Geburt. Mom hat im Umgang mit dem Tod schon viel Erfahrung gesammelt. Ihr Vater starb, als sie noch auf der Highschool war, und ihr Bruder starb im Alter von neunzehn. Deshalb nannte sie mich Davis, weil es sonst niemanden mehr gab, der ihren Nachnamen weitervererben konnte.

»Jason, ziehst du jetzt bitte etwas an«, sagte Mom noch einmal. Sie drehte sich wieder zu mir um. »Bleib nicht zu lange aus. Es wäre mir lieber, wenn du Hugh hierher bringen würdest ... das ist weitaus sicherer als der Strand.«

Sobald Mom und Jason gegangen waren, schloss ich die Tür zu meinem Zimmer, und während ich mich anzog, unterhielt ich mich mit Minka.

»Weißt du, was es ist, Minka«, sagte ich, während ich in meine Lieblingsjeans stieg, »es ist reine körperliche Anziehung. Körperliche An-zie-hung. Weißt du, was das bedeutet? Es bedeutet, dass es sich gut anfühlt, in Hughs Nähe zu sein. Echt gut. Wenn er meine Hand hält, dann dreht sich alles in meinem Inneren. Hast du schon jemals so etwas gefühlt, Minka? Hat sich schon jemals ein Katzenjunge an dir gerieben und dir dieses unsagbar gute Gefühl verschafft?«

Minka, die sich gerade putzte, blickte auf. Ich kraulte sie unter dem Kinn und zog dann mein neues Bikinitop an.

»Na ja, mach dir keine Sorgen«, sagte ich. »Es ist nie zu spät dafür.«

Minka schenkte mir ein ausgiebiges Gähnen.

Ich sprühte mich mit *Charlie* ein, überprüfte mein Äußeres im Spiegel und rannte dann die Treppe hinunter zum Laden, um dort auf Hugh zu warten.

Mein Vater saß an seiner Staffelei und arbeitete an einem Porträt. Es waren keine Kunden im Laden. Er hatte das Radio auf WFLN, das klassische Musikprogramm, eingestellt.

»Hi ...«, sagte ich und nahm mir ein Pfefferminzbonbon aus der Glaskugel auf dem Kassentisch. Auf dem Aufkleber auf der Kugel stand: *Helfen Sie den Behinderten. Zwei für einen Vierteldollar.*

Mein Vater öffnete die Kasse, entnahm ihr einen Vierteldollar und steckte ihn in die Büchse hinter dem Glas.

Dann sah er mich an. »Sieh mal an, sieh mal an … ist das nicht Davey Wexler …«

»Aus Fleisch und Blut«, sagte ich.

»Das kann ich sehen«, sagte Dad, indem er mein knappes Top beäugte.

Ich fühlte, wie mir die Röte in die Wangen stieg.

Ich ging hinter den Kassentisch, wo Dad vor seiner Staffelei saß, und sah ihm über die Schulter. »Sehr hübsch …«, sagte ich. »Vor allem die Augen. Ich wünschte, ich könnte auch so malen wie du.«

»Dafür kannst du andere Dinge.«

»Ach ja … was denn?«

Mein Vater tat so, als ob er erst darüber nachdenken müsste. »Du kannst sehr gut Brot aufeinander stapeln«, sagte er.

»Herzlichen Dank!«

Wir lachten beide. Ich hängte ihm meine Arme von hinten über die Schultern und legte mein Gesicht an sein Haar, das weich und lockig war und nach Salzwasser roch.

»Also, wohin gehst du?«, fragte Dad.

»Ach … Hugh und ich gehen aus.«

»Wann kommst du wieder?«

»Weiß ich noch nicht.«

»Ungefähr.«

»Zehn … elf … so was.«

»Bleib vom Strand weg. Da ist es nachts gefährlich.«

»Die gleiche Predigt habe ich gerade schon gehört.«

»Ich will nur nicht, dass du übermütig wirst und es vergisst.«

»Das werde ich nicht. Ich verspreche es.«

»Na, mehr kann ich schließlich nicht verlangen.«

Dann betrat Hugh den Laden; er trug sein Grateful-Dead-T-Shirt und Jeans. »Hallo, miteinander«, sagte er. »Kennt ihr schon den von dem Mann, der seine Katze gebadet hat ...«

»Hör auf«, sagte Dad. »Den hab ich schon zwei Dutzend Male gehört, und zwar von dir.«

Hugh trat an den Kassentisch, nahm zwei Pfefferminzbonbons heraus und steckte einen Vierteldollar in die Schachtel.

»Bist du so weit?«, fragte er mich.

»Ich bin so weit. Tschüs, Dad. Bis später.«

»Tschüs«, sagte Dad. »Viel Spaß. Und bleib nicht zu lange aus.«

»Keine Sorge, Mr. Wexler«, sagte Hugh.

Draußen ging gerade die Sonne unter.

Zwölf

Hör auf, ermahne ich mich. Hör auf an diesen Abend zu denken. Konzentriere dich darauf, wie schön es ist, zu leben. Wie auch immer. Einfach nur die Farbe des Himmels zu sehen, den Geruch der Kiefernbäume zu riechen, in der Schlucht einem Fremden zu begegnen.

Ich gehe in mein Zimmer, reiße ein Blatt Papier von dem gelben Notizblock auf meiner Kommode und schreibe ein Wort darauf. Leben. Dann reiße ich ein zweites Blatt ab und schreibe: Wolf.

Es macht mir Freude, meiner Hand zuzusehen, wie sie die Buchstaben malt. Ich schreibe das ganze Wort in Großbuchstaben. *WOLF*. Ich schreibe das ganze Wort in Kleinbuchstaben. *wolf. Davey und Wolf. Wolf und Davey.* Ich öffne die Truhe am Fußende und lege beide Blätter auf das Stofffutter. Dann entschließe ich mich, das Angoratwinset auch hineinzulegen, auf die Blätter. Und meinen irischen Pullover. Außerdem den Brief von Lenaya, den sie an dem Tag geschrieben hat, an dem wir aus Atlantic City abgeflogen sind. Und außerdem das Brotmesser. Bisher habe ich es jeden Morgen unter dem Bett versteckt, doch wenn Bitsy staubsaugen will und dazu das Bett verrückt, wird sie es finden, und das würde Fragen über Fragen nach sich ziehen. Da ist es besser, es tagsüber in der Truhe aufzubewahren und nur abends herauszuholen, wenn ich es brauchen könnte.

Beim Abendessen fragt Mom mich, wie mein Tag verlaufen ist.

»Sehr interessant«, sage ich zu ihr. Ich sehe, wie Bitsy die Augenbrauen hochzieht. »Und entspannend«, füge ich hinzu und hoffe, damit weitere Fragen abzuwenden. »Wie war's am Cochitisee?«

»Sehr nett«, sagt Mom. »Walter hat uns die ganze Geschichte der Gegend erzählt.«

»Es ist ein künstlicher See«, sagt Jason. »Und er ist groß genug, um darauf mit dem Boot zu segeln.«

»Mit einem kleinen Boot«, sagt Walter.

»Mit einem kleinen Boot«, wiederholt Jason.

»Du hast einen schönen Tag versäumt, Davey«, sagt Bitsy zu mir.

Ich verstecke mein Lächeln hinter einem Glas Milch.

Später sitze ich mit Jason auf der Terrasse. Wir sitzen zusammengekuschelt auf einer Gartenliege und gucken in die Sterne. Der Himmel ist hier so klar, dass ich problemlos den Großen Bären ausmachen kann. Auch die Kassiopeia kann ich ausmachen. Walter ist so beeindruckt von dem, was er für mein Interesse an der Astronomie hält, dass er mir ein Buch geschenkt hat: *Einführung in die Sterne und Planeten.*

»Schau, Jason«, sage ich. »Das da ist der Cygnus. Der Schwan. Kannst du den Hals erkennen … die Flügel?«

»Ich glaube schon«, sagt Jason und gähnt. »Ich will ihn erkennen.«

Spontan umarme ich ihn.

»Lass das«, sagt er.

Dreizehn

Zwei Tage vor unserem geplanten Rückflug läutet abends das Telefon. Walter nimmt den Hörer ab. Es ist Audrey, die Freundin meiner Mutter aus Atlantic City. »Wahrscheinlich will sie uns am Flughafen abholen«, sagt Mom und geht in der Küche ans Telefon.

Aber als sie ins Wohnzimmer zurückkommt, ist ihr Gesicht aschfahl. »Der Laden ist überfallen worden«, sagt sie leise. »Sie haben die Fenster zerschossen und drinnen ist alles ein Chaos. Sie haben alles zerschlagen, was sie nur unter die Finger kriegen konnten.«

Wer kann uns nur so etwas Schreckliches antun?, denke ich. Was haben wir jemals einem anderen getan?

»Die Polizei hat keine Spur«, fährt Mom fort. »Aber sie glaubt nicht, dass diese Tat in Zusammenhang mit dem Überfall steht … dem …« Ihre Stimme schwindet. Sie schafft es noch, »letzten Mal« zu sagen, bevor sie sich das Gesicht mit den Händen bedeckt.

Das Zimmer ist erfüllt vom Klang eines lang gezogenen, leisen Heultons. Mir läuft ein Schauer über den Rücken. Ich sehe mich um, versuche herauszufinden, woher er kommt, dann wird mir klar, dass er von meiner Mutter kommt.

»Verdammt noch mal«, schreit sie, »verdammt noch mal, zur Hölle mit ihnen!«

Ich weiß, wie ihr zu Mute ist. Ich will sie trösten. Sie festhalten, genauso, wie sie mich festgehalten hat, als Jason Nasenbluten hatte. Aber jetzt ist sie hysterisch, tobt und brüllt im Zimmer herum, rauft sich die Haare, schreit und weint und wirft mit allem, was ihr im Weg ist, um sich. Bestickte Sofakissen fliegen durch die Luft, ein Stapel Bücher wird mit einer Handbewegung vom Tisch gefegt, ein Aschenbecher aus bernsteinfarbenem Glas am Kamin zertrümmert.

Jason steht vor der Standuhr und hält sich die Ohren zu. Ich kann sehen, dass er Angst hat. Auch ich habe Angst. Aber noch mehr bin ich erstaunt. Ich habe noch niemals erlebt, dass meine Mutter die Kontrolle verloren hat. Weder an dem Abend, an dem mein Vater getötet wurde, noch bei seiner Beerdigung und auch sonst nie.

Bis jetzt.

Mom wirft eine Lampe um. Ich warte darauf, dass Walter oder Bitsy eingreifen. Warum stehen sie nur da wie Zombies? Warum tut denn niemand was? Doch dann tritt Mom mit dem nackten Fuß gegen die Wand und schreit vor Schmerz auf. Sie hat sich wehgetan. Der Schock reicht aus, damit sie aufhört. Sie fängt an zu weinen, aber jetzt ist es eine andere Art von Weinen. Sie bricht zusammen und lehnt sich an Bitsy, die sie in die Arme nimmt.

»Es tut mir Leid«, schluchzt Mom. »Es tut mir Leid … aber ich kann einfach nicht mehr ertragen. Ich kann einfach nicht mehr …«

»Mommy …« Jason rennt zu ihr. »Mommy … mach das bitte nicht noch mal.«

»Bestimmt nicht«, sagt Mom und umarmt ihn fest. »Aber diesmal konnte ich nicht anders.« Sie sieht mich an.

Ich erwidere ihren Blick, versuche ihr zu zeigen, dass ich verstehe, ohne dass ich ein Wort sage.

Drei von Moms Zehen verfärben sich dunkel und schwellen an. Bitsy holt einen Eisbeutel. Mom schreit auf, als Walter versucht ihren Fuß zu berühren. Sie überlegen, ob sie zum Röntgen in die Notaufnahme des Krankenhauses fahren sollen. Sie entscheiden sich dagegen.

»Bei gebrochenen Zehen kann man nichts weiter tun, als sie zu bandagieren«, sagt Bitsy. Sie hat mal einen Erste-Hilfe-Kurs besucht und das dort gelernt. Außerdem möchte Mom nicht gehen. Es ist ihr peinlich.

Doch am nächsten Tag verschlimmern sich die Schmerzen und Bitsy bringt Mom doch noch zum Röntgen. Zwei Zehen sind gebrochen. Der Arzt bandagiert sie. Bitsy ist stolz, dass ihre Behandlungsmethode richtig war. Mom humpelt in alten Tennisschuhen herum, in die ein Loch für ihre Zehen geschnitten worden ist.

Sie kann sich nicht entscheiden, was sie mit dem Laden machen soll. Sie kann sich nicht entscheiden, was sie überhaupt machen soll. Walter und Bitsy überreden sie, noch eine Weile zu bleiben.

»Ich kümmere mich um alles«, verspricht Walter.

Am nächsten Morgen laufe ich runter zur Central Avenue und kaufe im TG&Y zwei Postkarten. Die eine zeigt eine Luftaufnahme von Los Alamos. Darunter steht: *Grüße aus der Atomstadt.* Diese werde ich Lenaya schicken. Die andere ist eine Fotografie von Camel Rock bei Sonnenuntergang. Die ist für Hugh.

Ich überquere die Straße und gehe auf die Post, wo ich ein paar Zeilen auf die Karten schreibe. *Hi, zukünftige*

Wissenschaftlerin, schreibe ich an Lenaya. Und dann fällt mir nichts mehr ein, was ich sonst noch sagen könnte. Also schreibe ich mit großer Schrift. *Es gibt viel zu erzählen. Bis bald.*

Die Camel-Rock-Karte adressiere ich an Hugh und schreibe: *Hast du die Geschichte mit dem Laden mitbekommen? Jetzt ist das Fass übergelaufen. Ich weiß nicht, wann wir heimkommen werden.*

Ich schicke die Karten ab, dann fällt mir ein, dass ich keine von beiden unterschrieben habe. Nun denn. Sie werden schon wissen, dass sie von mir sind.

Ich entschließe mich, in die Bücherei zu gehen, da sie gleich neben der Post ist. Ich schaue mich um, nehme ein Buch aus dem Regal der Bestseller, blättere darin, stelle es zurück. Ich kann nichts finden, was ich lesen möchte. Nichts interessiert mich. Es fällt mir schwer, mich zu konzentrieren, außer bei meinem Buch über die Sterne. Das, was ich darin gelesen habe, kann ich auswendig.

Draußen gehe ich an einem Schuhgeschäft vorbei und im Fenster steht ein Paar Wanderstiefel. Sie sind im Sonderangebot und kosten $ 32,50, heruntergesetzt von $ 59,95. Ich gehe hinein und frage, ob ich sie anprobieren kann.

Die Verkäuferin sagt mir, dass sie ein echtes Schnäppchen seien, und fragt, welche Größe sie mir bringen soll.

»Vierzig«, sage ich zu ihr. »Vierzig und schmal.«

Sie verschwindet im Lager und kommt mit einer großen Schachtel zurück, die sie auf den Boden stellt. Schwungvoll nimmt sie den Deckel ab und hält einen Stiefel in die Höhe. »Vibramsohlen«, sagt sie. »Das Beste überhaupt.«

Ich nicke, als ob ich verstanden hätte.

Als sie sieht, dass ich meine Adidas ohne Socken trage, zieht sie einen Korb voller Socken zu sich heran. »Wollen mal sehen«, sagt sie, während sie darin herumwühlt. »Wir wollen sehen, wie sie über dicken Socken passen ... Wolle wäre am besten ...« Sie schüttelt eine dicke graue Socke aus. »Zieh die an, meine Liebe, und dann schauen wir, wie sie passen.«

Es ist die gleiche Art Socke, die Wolf getragen hat. Ich ziehe sie über meinen linken Fuß, da ich weiß, dass er ein bisschen größer als mein rechter ist. Die Verkäuferin hilft mir in den Stiefel. Er fühlt sich hart an. Sie schnürt ihn zu und fordert mich auf, aufzustehen.

»Wie fühlt er sich an?«, fragt sie.

»Ich weiß nicht«, sage ich. »Ich glaube, ich sollte den anderen auch noch anprobieren.«

Sie sucht in dem Korb nach einer passenden Socke. Es ist keine da. Stattdessen reicht sie mir eine gestrickte rosa Socke. Ich ziehe sie an und frage mich, wem sie wohl einmal gehört hat. Ich stelle mir ein Mädchen in meinem Alter vor, die ihre rosa Socke ausgezogen hat, um ein paar Sommerschuhe anzuprobieren, und sie dann vergessen hat. Vielleicht ist sie auf diese Weise in dem Korb voller Restsocken gelandet.

Ich stehe auf und laufe in beiden Stiefeln umher; meine Füße fühlen sich an, als wären sie in Zement gegossen.

»Du musst sie einlaufen«, sagt die Verkäuferin. »Trag sie zu Hause, trag sie zur Schule, dass sie richtig schön bequem sind, bevor du sie zum Wandern anziehst.«

Ich drehe und wende mich vor dem Spiegel.

»Ein echtes Schnäppchen«, sagt sie noch einmal. »Und das Wildleder kannst du mit einem Spray wasserdicht machen. Es wird die Farbe dunkler machen, aber ich finde, dann sehen sie sogar noch hübscher aus.«

Die Füße, die ich im Spiegel betrachte, scheinen einer anderen zu gehören. Sie sehen überhaupt nicht wie meine Füße aus.

»Und unser Sonderangebot gilt nur noch bis Samstag«, erinnert sie mich.

Aber sie braucht sich keine Sorgen zu machen. Ich habe mich schon entschieden. Ich habe mich schon in der Minute entschieden, als ich sie im Fenster entdeckte. »Ich nehme sie«, sage ich zu ihr. »Und dann hätte ich gern noch ein Paar Wollsocken.«

»Natürlich, meine Liebe. Weiße oder graue?«

»Graue.«

»Und eine Flasche Sno-Seal, damit du sie gleich wasserdicht machen kannst?«, fragt sie und greift nach oben in ein Regal voller Sno-Seal-Dosen.

»Ja.«

»Ist das alles?«

»Ja.«

»Bar oder auf Kreditkarte?«

»Bar«, sage ich und öffne mein Portmonee. Ich habe genau $ 74,68 von meinem Sommerjob zusammengespart. Ich habe als Strandmädchen im Park-Place-Hotel gearbeitet und Handtücher und Klappstühle an die Gäste ausgeteilt. Mein Verdienst bestand aus Trinkgeldern. An einem guten Tag konnte ich $ 15 einstecken. Eigentlich hatte ich geplant, alles bei einer Einkaufstour vor dem Schulanfang zu verprassen. Einmal, als ich mit meiner Mutter bei Bamberger einkaufen gegangen war, hatte ich gesehen, wie ein Mädchen Pullover und Röcke und Jeans und Blusen aufeinander stapelte. Ich konnte meine Augen gar nicht mehr von diesem Stapel abwenden. Und sie hat das wohl bemerkt, denn sie wandte sich mir zu und lächelte. »Ich fange mit dem College an«, sagte sie, als ob sie mir eine Erklärung schuldig wäre. Und ich lächelte auch und überlegte mir, wie es wohl wäre, so viel Geld zu haben, dass man sich kaufen könnte, was immer man wollte, mehr, viel mehr, als man braucht. Und das war es, was ich mit meinen $ 74,68 vorgehabt hatte, obwohl ich wusste, dass ich damit keinen Stapel zusammenkriegen würde, der der Rede wert war.

Ich überreiche der Verkäuferin, die ständig lächelt, mein Geld. »Danke, meine Liebe«, sagt sie. Normalerweise stoßen mich Leute ab, die einen »meine Liebe« nennen, aber sie klingt so, als ob sie es wirklich meint, und sie sieht aus, als ob sie froh ist, dass ich hereingekommen bin und die Wanderstiefel gekauft habe. Sie tut nicht nur so. Vielleicht deshalb, weil ich die einzige Kundin bin. Vielleicht geht das Geschäft in diesem Herbst nicht so gut. Wer weiß?

Auf dem Heimweg überfallen mich Gewissensbisse. Was wird meine Mutter sagen? *Was für eine Verschwendung. Was machst du in Atlantic City mit Wanderstiefeln, Davey? Hast du wirklich darüber nachgedacht oder war es nur ein spontaner Kauf? Du weißt, wie schwer es ist, über die Runden zu kommen, vor allem jetzt, wo Daddy …*

Vergiss es. Ich werde sie meiner Mutter nicht zeigen und auch sonst niemandem. Sie werden mein Geheimnis sein. Das Einzige, woran ich denken kann, ist, zur Schlucht zu gehen, Wolf zu finden und ihm meine Wanderstiefel zu zeigen. Vielmehr, das Einzige, woran ich denken kann, ist, zur Schlucht zu gehen und Wolf zu finden. Ich will sehen, ob seine Nähe mich immer noch glücklich macht, dass ich am Leben bin.

Ich will heute Nachmittag losgehen, gleich nach dem Mittagessen, doch Bitsy hat andere Pläne. Wir waren noch nicht im Bradburymuseum der Wissenschaften. Jeden Mittwoch arbeitet sie dort als ehrenamtliche Museumsführerin, und da heute Mittwoch ist, werden wir alle zusammen hingehen.

Bitsy trägt eine rote Jacke mit einem Namensschild, auf dem *Elizabeth Kronick, Museumsführerin* steht. Sie trägt eine schwarze Hose und eine weiße Bluse mit einer schwarzen Bindeschleife. Sie erklärt, dass es keine offizielle Uniform für die Führer des Museums gibt, aber dass sie dies jede Woche trägt. Dadurch fühlt sie sich offiziell.

Ich bin nicht unbedingt scharf darauf, in das Museum der Wissenschaften zu gehen, aber Jason kann es kaum erwarten. Wir laufen hinüber. Es ist wieder einmal ein wunderschöner Nachmittag. Die Luft ist klar, der Himmel ist leuchtend blau, die Sonne warm und trotzdem liegt ein Hauch von Herbst in der Luft. Meine Mutter hinkt ein bisschen, aber ihre Zehen bereiten ihr keine allzu großen Schwierigkeiten. Sie sagt nicht viel. Ich hoffe, dass sie sich bald fängt. Ich hoffe, dass sie nicht wieder explodieren wird.

Bitsy treibt uns durch das Museum und hinaus auf einen Hof, auf dem Nachbildungen der Atombombe stehen. Auf einem Schild steht: *Hier werden Geschosshülsen wie die der beiden Atombomben gezeigt, die im August 1945 über Japan abgeworfen wurden, die einzigen Atomwaffen, die jemals als Kriegswaffen verwendet worden sind. Jede der beiden Bomben hatte die Sprengkraft von ca. 20 000 Tonnen*

TNT. Sie waren das Ergebnis von siebenundzwanzig Monaten beispielloser Bemühungen von tausenden von Wissenschaftlern und Technikern und stellten eine der größten wissenschaftlichen Leistungen aller Zeiten dar. Beide Bomben wurden in Los Alamos entwickelt, hergestellt und zusammengebaut.

Jason ist von den Bomben total angetörnt. Er streicht mit der Hand über die Oberfläche der einen, die *Little Boy*, »kleiner Junge«, genannt und über Hiroshima abgeworfen wurde. »Und sie haben sie hier erfunden, hier in Los Alamos?«

»Das ist richtig«, bestätigt Bitsy.

»Und sie haben viele Leute getötet?«

»Ja.«

»Wie viele Leute hat diese Bombe getötet?«

»Viele«, sagt Bitsy.

»Hunderte?«, fragt Jason.

»Ja.«

»Tausende?«

»Ja. Die genaue Zahl kenne ich nicht.«

Ich finde es merkwürdig, dass sie als Museumsführerin Jasons Frage nicht beantworten kann. Vielleicht will sie sie einfach nicht beantworten.

»Macht Onkel Walter auch Bomben?«, fragt Jason.

»Onkel Walter stellt sie nicht her«, sagt Bitsy. »Er ist in der Entwicklung beschäftigt … und in der Forschung.«

»Wirklich?«, sage ich. »Für Bomben?«

»Für Waffen allgemein«, sagt Bitsy.

»Davon hatte ich keine Ahnung«, sage ich.

»Du weißt doch, dass Onkel Walter ein Gruppenleiter der Abteilung W ist«, sagt Bitsy stolz.

»Aber ich weiß nicht, was Abteilung W bedeutet.«

»Das ist die Waffenabteilung«, informiert Bitsy mich. »Das halbe Labor beschäftigt sich mit Waffenforschung und die andere Hälfte mit Grundlagenforschung. Medizin, Energie …«

Bitsy rattert eine Liste herunter, aber ich habe sie in Gedanken ausgeschaltet. Stattdessen denke ich an Walter. Ich kann ihn mir nicht vorstellen, wie er Bomben entwickelt. Ich dachte immer, jemand, der Waffen entwickelt, müsste hartherzig und gemein sein. Eine Art verrückter Wissenschaftler mit wildem Blick, darauf aus, die Welt in die Luft zu jagen. Aber Walter ist so normal. Ich komme einfach nicht darüber hinweg, dass er an dem Bau von Bomben beteiligt sein soll. Am Töten von Menschen.

Ein Touristenpärchen fragt, ob sie ein Foto von Jason machen können, wie er neben der nachgebildeten Bombe steht, die *Fat Boy*, »dicker Junge«, genannt wurde, die Bombe, die wir über Nagasaki abgeworfen haben. Jason stellt sich in Pose und lächelt.

Abends beim Nachtessen bekommt meine Mutter starke Kopfschmerzen. »Sie haben sich schon den ganzen Tag über angekündigt«, erklärt sie uns, als sie sich vom Tisch entfernt.

Vielleicht war sie deshalb heute Nachmittag im Museum so still. Sie hat noch nicht einmal drei Worte gesagt.

»Ich glaube, ich nehme lieber ein paar Aspirin und gehe ins Bett«, sagt sie.

»Morgen früh sind sie bestimmt vorbei«, ruft Bitsy ihr nach. »Es ist wahrscheinlich nur die Höhenlage.« Die Höhenlage ist Bitsys Standarderklärung für sämtliche Probleme.

Aber ich denke nicht an meine Mutter oder an ihre starken Kopfschmerzen. Ich denke noch immer über Walter nach. Ich sehe ihn jetzt mit anderen Augen an. Ich spüre, wie ich immer angespannter werde, ihn von Minute zu Minute feindseliger betrachte.

Als ob er meine Gedanken lesen könnte, lehnt er sich über den Tisch und sagt: »Davey … was ist los?«

»Nichts«, bringe ich heraus.

»O doch.« Er sieht mich prüfend an. »Ich spüre es … irgendetwas ist nicht in Ordnung.«

»Na ja«, setze ich an. »Es ist nur, dass ich einfach nicht glauben kann, dass du Waffen entwickelst.«

»Ach, das ist es.«

»Ja. Es überrascht mich.«

»Das ist eben mein Job«, sagt er. »Und ich mache ihn, so gut ich kann.«

»Konntest du denn keinen anderen Job finden?«

»Darum geht es nicht.«

»Worum geht es dann?«

»Unsere Aufgabe ist es, die besten Waffen zu entwickeln, die wir entwickeln können, damit niemand jemals auf die Idee kommt, er könnte einen Krieg gegen uns gewinnen.«

»Das ist doch Unsinn.«

»Stell dir vor, wir wären Wachhunde, Davey, und wir sorgen dafür, dass uns niemals jemand angreifen wird. Aber falls es doch jemand tun sollte, dann sind wir darauf vorbereitet. Und eine gute Vorbereitung ist mehr als halb gewonnen.«

»Aber wenn überhaupt niemand Bomben herstellen würde …«

»Ja, wenn, das wünschte ich mir auch.«

»Warum kann es nicht so sein?«

»Weil die Welt nun einmal nicht so ist.«

»So sollte sie aber sein.«

»Du hast Recht«, sagt Walter. »Aber sie ist es nicht.«

Später, als ich im Bett liege, versuche ich mir Walter als Wachhund vorzustellen, aber das einzige Bild, das in mir aufsteigt, ist das eines Schäferhunds oder einer Dogge namens Walter. Ich stelle mir vor, wie Walter an seinem Schreibtisch im Labor sitzt und sich neue Mittel ausdenkt, wie man Menschen töten kann. Derselbe Walter, der jedes Mal den Blazer abspritzt, bevor er vom Hügel hinunterfährt. Derselbe Walter, der beim Tischabräumen hilft. Derselbe Walter, der Jason jeden Abend ein Kapitel aus *Stuart Little* vorliest.

Ich stopfe das Brotmesser unter mein Kopfkissen und halte es im Schlaf mit einer Hand fest.

Vierzehn

Am nächsten Tag schmuggle ich meine Wanderstiefel in die Garage und verstecke einen in jeder von Bitsys Radtaschen aus Segeltuch. Auf dem Regal finde ich eine Feldflasche, spüle sie aus und fülle sie mit Wasser.

Als ich ins Haus zurückkomme, sitzt Jason auf dem Wohnzimmerboden und spielt Domino und Mom liegt auf dem Sofa und spielt mit einem Gummiband, das sie sich um die Finger wickelt. Bitsy ist in der Küche. Sie sagt mir, dass sie auf eine Bridgeparty geht und zum Mittagessen nicht da sein wird. »Soll ich dir ein Sandwich machen, bevor ich gehe?«, fragt sie.

»Nein, mach dir wegen mir keine Gedanken. Ich gehe nachher raus für mein Fitnesstraining.«

Solange ich es so formuliere, hat Bitsy nichts dagegen. Fitness ist ihr und Walter sehr wichtig. Walter geht jeden Mittag joggen und Bitsy verlässt jeden Morgen um acht das Haus zu einem schnellen Spaziergang mit ihren Freundinnen um den Häuserblock. Also gibt es keine Probleme, solange ich verspreche, den Helm aufzusetzen und gegen den Verkehr zu fahren.

»Wohin fährst du, Davey?«, fragt Bitsy, während sie einen frisch gebackenen Apfelkuchen mit Alufolie abdeckt.

»Ach, nicht weit«, sage ich. »Ich erkunde halt die Gegend.«

»Sei bloß vorsichtig. Und gehe keine Risiken ein.«

»Ich … Risiken eingehen?« Ich stelle mir vor, wie ich in die Schlucht klettere. »Mach dir keine Sorgen. Ich gehe keine Risiken ein.«

»Gut«, sagt Bitsy. »Ich bin froh, das zu hören. Die Familie hat genug Kummer hinter sich.«

»Da kannst du drauf wetten«, sage ich.

Bitsy wirft mir einen merkwürdigen Blick zu, während ich mich von Mom und Jason verabschiede. Vielleicht habe ich ihren Lieblingsausdruck nicht richtig verwendet.

Als ich das bewaldete Gebiet in der Nähe der Schlucht erreiche, lehne ich mein Rad gegen einen Baum, hänge mir die Feldflasche über die Schulter und tausche die Adidasschuhe gegen meine Stiefel ein, die wasserdicht und einsatzbereit sind.

Dann trample ich im Wald herum und versuche, mich an sie zu gewöhnen. Ich laufe im Kreis herum und stapfe, hüpfe und springe dann abwechselnd, bis ich lachen muss, weil ich mich so blöd fühle. Schließlich mache ich mich zur Schlucht auf.

Ich schaue nach unten und hoffe Wolf dort zu sehen. Doch er ist nirgends in Sicht. Ich setze mich eine Weile hin und denke an Atlantic City und den Strand. Früher bin ich jeden Tag an den Strand gegangen, ob Winter oder Sommer. Da hatte ich Zeit für mich, Zeit zum Nachdenken. Oft saß ich auf einer Mole, und bevor ich mich umsah, war eine Stunde oder mehr vergangen. Diese Schlucht erinnert mich an die Mole und an den Strand. Sie ist ein guter

Ort, um allein zu sein. Ein guter Ort für meine Gedanken.

Ich sehe, wie sich jemand unterhalb von mir bewegt. Ich stehe auf, um besser sehen zu können. Es ist Wolf, der sich seinen Weg in die Schlucht bahnt. »He …«, rufe ich. »He, du da unten …«

Er dreht sich um, doch er kann mich nicht sehen. Seine Augen sind von der Sonne geblendet.

»Du bist wohl neu hier«, rufe ich. »Ich wette, du kannst deinen Allerwertesten noch nicht mal von deiner Achsel unterscheiden.«

Er tritt zur Seite, um dem blendenden Sonnenlicht zu entkommen. Er sieht nach oben und sieht sich um. Er hat mich immer noch nicht entdeckt.

»Angenommen, du tust dir weh«, sage ich. »Wer soll dann das Such- und Rettungskommando holen?« Ich wedele wie verrückt mit den Armen, bis ich sicher sein kann, dass er mich entdeckt hat.

Da lacht er und sein Lachen hallt durch die Schlucht.

Ich eile hinunter zu der Stelle, an der er steht, und verliere dabei nur einmal das Gleichgewicht.

Wolf sieht mich von oben bis unten an und nickt. »Ich sehe, du hast deine Feldflasche gefunden«, sagt er.

»Mhm.«

»Und dir ein Paar Wanderstiefel besorgt.«

»Mhm.«

»Sehr gut.«

Zusammen klettern wir hinunter in die Schlucht.

Als wir unten angekommen sind, hat sich an der Ferse meines rechten Fußes eine Blase gebildet. Ich hätte Pflaster mitbringen sollen.

Unten sitzen wir auf einem Felsen und beobachten die Eidechsen, die umherrennen. Minka würde es hier unten gefallen, denke ich. Sie würde sicher gern Eidechsen jagen. Aber Walter hat mir Geschichten über Steppenwölfe erzählt, die in den Schluchten leben, und wie sie Katzen reißen. Ich würde Minka niemals einer Gefahr aussetzen.

Wolf öffnet seinen Rucksack. Er bietet mir Obst und Käse an. Ich nehme mir eine Orange und ein Stück Cheddarkäse.

»Du hast traurige Augen, Tiger«, sagt er. »Ein strahlendes Lächeln, aber traurige Augen.«

Er wartet, dass ich etwas sage. Ich tue es nicht.

»Möchtest du darüber reden?«, fragt er.

»Nein.«

»Okay.«

Wir sitzen einen Augenblick lang still da.

»Vielleicht eines Tages«, sage ich zu ihm. »Vielleicht erzähle ich es dir eines Tages.«

»Okay«, sagt er.

»Aber heute nicht.«

»Wann immer«, sagt er.

Ich nicke.

Am Abend macht Bitsy mir die Hölle heiß. Sie hat gesehen, wie ich ohne Helm von der Schlucht zurückgeradelt bin.

»Muss ich wohl vergessen haben«, sage ich betreten.

»Sicherheit kommt an erster Stelle, Davey«, sagt Bitsy. »Vergiss das nicht noch einmal. Wir versuchen, gut auf dich aufzupassen, aber du musst uns dabei helfen.«

Was meint sie nur damit? Ich kann auf mich selbst aufpassen. Aber ich weiß, dass ich von nun an vorsichtiger sein muss, sonst lässt sie mich nicht mehr Rad fahren.

Am ersten Samstag im Oktober gehen wir um sechs Uhr morgens aus dem Haus, um hinunter nach Albuquerque zu fahren und die Heißluftballons zu sehen, die bei dem alljährlichen Ballonfest in die Luft steigen. Auf der Fahrt halten wir bei Dunkin' Donuts in Santa Fe an und stopfen uns voll mit glasierten Spritzkuchen. Jason überredet Bitsy, ihm eine Schachtel kleine Donuts als Wegzehrung für die Fahrt zu kaufen.

Kurz vor acht Uhr morgens erreichen wir Albuquerque und halten hinter hunderten von anderen Autos, um zuzusehen, wie die Ballons den Himmel mit leuchtenden Farben füllen. Jason und ich sitzen auf der Motorhaube des Blazers.

»Würdest du in einem mitfliegen, Davey?«, fragt Jason.

»Sofort«, sage ich.

»Sie sind wunderschön anzusehen«, sagt Bitsy, »aber nur ein Dummkopf würde wirklich mitfliegen.«

»Also, ich würde es tun«, sage ich zu ihr.

»Dann würde ich es auch tun«, sagt Jason.

»Es ist sinnlos, sich darüber zu streiten, ob ihr es tun würdet oder nicht«, sagt Walter. »Es ist eine hypothetische Frage.«

»Was ist hypothetisch?«, fragt Jason.

»Das bedeutet, dass es egal ist, weil es sowieso nicht eintreffen wird«, erklärt Walter ihm.

»Ach so«, sagt Jason.

»Ich würde gern in die Luft steigen und nie mehr herunterkommen«, sagt Mom.

Wir sehen sie alle an. Was meint sie damit, nie mehr herunterkommen?

Auf dem Nachhauseweg gebe ich mir das stille Versprechen, dass ich eines Tages in einem Heißluftballon mitfliegen werde. Ich stelle mir vor, wie ich abhebe. Ich winke der Zuschauermenge zu, die immer kleiner und kleiner wird, bis die Menschen nur noch winzige Pünktchen auf dem Boden sind, während ich in meiner eigenen Welt des Himmels und der Wolken und der Stille davonschwebe.

Als wir die halbe Strecke nach Hause zurückgelegt haben, hat meine Mutter wieder Kopfschmerzen, diesmal noch schlimmer als beim letzten Mal. Bitsy sagt, sie solle die Augen zumachen und zu schlafen versuchen.

Jason sprudelt noch über von den Ballons. Er stellt lauter Fragen, wie sie funktionieren.

Bitsy sagt ihm, dass es fast jedes Jahr dabei Unfälle gibt. Dass fast immer irgendetwas schief geht.

Ich lese die ganze Woche über ausführlich die Zeitung und falls tatsächlich mit einem der Ballons etwas schief gegangen sein sollte, so kann ich keinen einzigen Bericht darüber finden.

Meine Mutter erleidet drei weitere Kopfschmerzattacken hintereinander. Sie sagt, dass sie ganz plötzlich auftauchen und wie ein blendendes weißes Licht in den Augen stechen. Nach der dritten Attacke gehen Bitsy und Walter mit ihr zu ihrem Arzt, der einen Facharzt empfiehlt. Der Facharzt glaubt, dass die Kopfschmerzen durch Anspannung, durch Angstzustände, durch Depressionen entstehen. Er ist sicher, dass es sich nicht um eine normale Migräne handelt, obwohl die Symptome die gleichen sind.

Eines Abends sitze ich im Bett und lese die neueste Ausgabe der Zeitschrift *People*. Ich musste sie heimlich kaufen und auf mein Zimmer schmuggeln. Walter hält sie für Schund und hätte bestimmt etwas dagegen, so ein Heft im Haus zu haben. Aber ich habe beobachtet, wie Bitsy ein Heft durchgeblättert hat, während sie im Supermarkt in der Schlange stand, daher habe ich nichts zu befürchten, als sie an die Tür klopft. »Eine Überraschung«, sagt sie. Sie trägt ein Tablett mit zwei Keksen und einer Tasse Kakao vor sich her. Ich fühle mich ungefähr sechs Jahre alt, vor allem als ich die kleinen Marshmallows sehe, die auf der Oberfläche schwimmen.

Sie überreicht mir das Tablett, setzt sich dann an den Bettrand.

»Danke«, sage ich. »Ich dachte gerade, wie gut jetzt eine Tasse Kakao schmecken würde.« Natürlich habe ich nichts dergleichen gedacht, aber Bitsy glaubt mir trotzdem. Ich beiße in einen Keks, trinke dann einen Schluck Kakao und frage mich, warum Bitsy sich zu mir auf den Bettrand gesetzt hat.

»Nun …«, sagt sie schließlich. »Ich wollte mit dir über deine Mutter sprechen.«

»Was ist mit ihr?«, frage ich.

»Sie steht unter Stress.«

»Das weiß ich.«

»Und Walter und ich glauben nicht, dass ihr abreisen solltet, bevor es ihr besser geht.«

Ich sage nichts, daher fährt Bitsy fort.

»Wir fühlen uns für euch verantwortlich … wir können dich und Jason nicht mit Gwen nach Hause schicken, solange sie in einem solchen Zustand ist. Sie steht unter

Schock. Es fängt erst an, ihr so richtig klar zu werden. Sie braucht Zeit, um wieder zu sich zu kommen. Daher möchten wir, dass ihr noch eine Weile länger bleibt.«

Bitsys Erklärungen über meine Mutter klingen, als ob ich ihr Schwierigkeiten wegen der Abreise machen würde. In Wahrheit hat Bitsy Recht und das weiß ich auch. So können wir nicht mit Mom nach Hause fahren. Wer würde sich um sie kümmern? Was würde ich bloß machen, wenn sie eine ihrer Kopfschmerzattacken bekäme?

»Jason kann es kaum erwarten, wieder in die Schule zu gehen«, sagt Bitsy, »daher werde ich morgen mit ihm nach Aspen gehen. Das ist eine sehr gute Grundschule. Alle unsere Schulen hier sind sehr gut. Wusstest du, dass wir mehr Gewinner des National Merit Award haben als jede andere Stadt im Land?«

»Jason geht gern zur Schule«, sage ich. »Ich glaube, für ihn ist das eine gute Idee.«

»Und dann gehen wir beide, um dich an der Highschool anzumelden.«

Ich wache mit einem Ruck auf und verschütte fast meinen Kakao. »Ich möchte hier nicht in die Schule gehen«, sage ich.

»Warum nicht? Es ist eine sehr gute Schule.«

»Darum geht es nicht.«

»Worum geht es dann?«

»Ich möchte dieses Jahr nicht in die Schule gehen. Ich würde mir dieses Jahr lieber frei nehmen.«

»Aber Davey ... das kannst du doch nicht machen.«

»Warum nicht? Ich werde zu Hause lernen. Ich werde Astronomie lernen. Ich kann mir den Schulstoff allein erarbeiten ... ich weiß, dass ich es kann ... ich habe mir alles genau überlegt … und ich werde im Haushalt helfen und ich werde auf Jason aufpassen und …«

»Du musst zur Schule gehen«, sagt Bitsy. »Du hast schon über einen Monat versäumt.«

Ich merke, dass ihr Entschluss feststeht. Dass mir keine Wahl bleibt. Mein Traum ist ausgeträumt.

»Wie lange, glaubst du, bleiben wir hier?«, frage ich.

»Das kann ich dir auch nicht sagen.«

»Aber ich muss es wissen. Es ist wichtig.«

»Ich weiß es selbst nicht, Davey. Es hängt von deiner Mutter ab.«

»Aber wie kann ich zur Schule gehen, ohne zu wissen, wie lange ich bleiben werde?«

»Was hat das eine denn mit dem anderen zu tun?«

»Alles. Ich muss wissen, ob ich mir die Mühe machen soll, Freunde zu finden.«

»Natürlich solltest du Freunde finden«, sagt Bitsy. »Was für eine Frage ist denn das?«

»Es ist eine wichtige Frage.« Aber ich merke, dass sie keine Ahnung hat, wovon ich rede. Es ist sinnlos, es ihr erklären zu wollen.

Als Bitsy wieder die Treppe hinuntergegangen ist, stehe ich auf und gehe über den Flur, um meiner Mutter gute Nacht zu sagen. Ich mache die Tür auf, ohne anzuklopfen. Sie sitzt, umgeben von alten Bildern, auf dem Bett. Sie hält ein Foto meines Vaters in der Hand. Sie drückt es ans Gesicht und sagt: »Ach, Adam … ich vermisse dich so sehr.« Sie fängt leise an zu weinen.

Ich schließe die Tür zu ihrem Zimmer. Ich will nicht, dass sie weiß, dass ich sie so gesehen habe.

Fünfzehn

Ich habe nur noch drei freie Tage, bis ich zur Schule muss. Ich verbringe sie alle in der Schlucht, mit Wolf. Er muss immer vor zwei Uhr gehen. Ich nehme an, er hat einen Job. Ich stelle ihm keine Fragen, er stellt mir auch keine. Das gefällt mir.

Wolf erzählt mir Geschichten über die Anasazi, die Ureinwohner. Sie lebten in dieser Schlucht und in den Schluchten und Kliffs der ganzen Gegend. Er geht mit mir spazieren und zeigt mir eine Behausung im Kliff. Ich versuche mir vorzustellen, wie wir vor hunderten von Jahren in einer Höhle zusammengelebt hätten, Tiger und Wolf. Wir hätten uns auf Felsen geliebt, die vom Sonnenschein erwärmt wären. Wir hätten Babys groß gezogen, dicke, glückliche Babys.

Am dritten Tag bringt Wolf mir ein Buch. Die ersten Amerikaner. Es handelt von der Geschichte der Gegend. »Danke«, sage ich. »Ich werde es lesen und dir nächste Woche zurückbringen.«

»Nein, es ist für dich«, sagt er.

Ich schlage es auf. Auf die erste Seite hat er geschrieben: *Für Tigeraugen, die mich zum Lachen bringen. Von Wolf.*

Ich sehe ihn an.

»Das sind sie wirklich, weißt du«, sagt er.

»Was?«

»Deine Augen. Sie erinnern mich an die Augen eines Tigers, so wie sie im Licht die Farbe verändern, von Gold zu Braun.«

»Wann hast du zum letzten Mal einen Tiger gesehen?«, frage ich.

»Ich habe eine Katze«, sagt er. »Das reicht doch.«

Ich lache und will ihn umarmen, will, dass er mich umarmt. Aber er tut es nicht und ich tue es auch nicht. »Danke für das Buch«, sage ich. »Und dafür, dass du mein Freund bist.«

»Es ist wichtig, einen Freund zu haben«, sagt er.

»Ja … ich weiß.«

Montagmorgen besteht Bitsy darauf, mich zur Highschool von Los Alamos zu begleiten. Sie fragt mich hundertmal, ob ich irgendwas brauche. Ich sage ihr, dass ich nichts brauche, aber sie steckt mir trotzdem zehn Dollar zu, für alle Fälle.

»Walter und ich wollen dir ein Taschengeld geben, solange du hier bist. Natürlich erwarten wir, dass du im Haushalt hilfst, aber du warst bisher immer sehr lieb und hast geholfen, ohne darum gebeten zu werden.«

»Danke«, sage ich. Mir ist nicht wohl dabei, Geld von Bitsy anzunehmen, und ich nehme mir vor, die Angelegenheit mit Mom zu besprechen.

In der Highschool fragen wir einen Jungen, der am Gürtel einen Taschenrechner trägt, wo das Sekretariat sei, und dann biegen wir trotzdem in die falsche Richtung ab und verlaufen uns. Bitsy hält eine Gruppe von Mädchen an und fragt sie. Ich schaue weg, als ob ich mit dem Ganzen nichts zu tun hätte.

Als wir im Sekretariat ankommen, möchte ich mich als Schülerin auf Zeit anmelden, doch mir wird gesagt, dass es so was nicht gibt. Sie wollen meine Schulunterlagen aus

Atlantic City und einen ärztlichen Befund meines Hausarztes. Ich will gerade erklären, dass wir meine Schulunterlagen nicht dabeihaben, weil wir hier eigentlich nur die Ferien verbringen wollten, als Bitsy die Unterlagen aus ihrer Tasche zieht. Ich bin überrascht und verwirrt. Bitsy sagt: »Wir haben sie angefordert … letzte Woche.« Ich weiß nicht, ob ich ihr glauben kann.

Mir wird gesagt, ich solle mich setzen, gleich würde ein Fachberater zu mir kommen. Bitsy setzt sich neben mich. Ich möchte sie nicht dabeihaben. »Ich weiß, dass du heute Vormittag viel zu tun hast«, sage ich. Ich hab keine Ahnung, was sie heute Vormittag zu tun haben könnte, aber ich will sie loswerden. Ich will das hier allein schaffen.

»Ich habe nichts vor, was nicht warten kann«, sagt Bitsy lächelnd.

Ich habe das Gefühl, dass ihr das alles Spaß macht. Es ist für sie wie ein neues Spiel. Mutterschaft von null auf jetzt. Aber ich bin ihr nicht böse. Meine eigene Mutter liegt zu Hause im Bett, bekloppt von den Medikamenten gegen die Kopfschmerzen. Wenn ich heute Morgen überhaupt jemandem böse bin, dann Mom.

Schließlich kann ich Bitsy davon überzeugen, dass es in Ordnung ist, wenn sie geht. Ich versichere ihr, dass ich allein klarkomme, und unwillig steht sie auf und bringt mich in Verlegenheit, indem sie mich auf die Wange küsst, als ob sie mich ein ganzes Jahr nicht sehen würde. Als sie verschwunden ist, seufze ich erleichtert auf.

Endlich werde ich in das Büro des Fachberaters geführt. Wir sprechen darüber, welche Kurse ich belegen sollte. Ich erzähle ihm, was ich in Atlantic City belegt habe, und er erstellt einen Stundenplan für mich. Englisch, dann etwas, das Amerikanische Kulturen genannt wird, Geometrie und Französisch II.

»Wie wär's mit einer Naturwissenschaft?«, fragt er und zupft sich am Ohrläppchen. »Wir empfehlen unseren Schülern in der zehnten Klasse Chemie.«

»Ich würde lieber Astronomie nehmen«, sage ich. Ich kenne mich immer besser damit aus, Sterne, Planeten und Sternkonstellationen zu bestimmen.

»Astronomie bieten wir nicht an.«

»Also gut, dann nehme ich kein naturwissenschaftliches Fach und belege stattdessen einen Schreibmaschinenkurs.«

Er schaut von seinem Schreibtisch auf.

»Ich glaube nicht, dass ich im Moment Chemie schaffe«, erkläre ich. Warum sollte ich mich mit Büffeln umbringen?, denke ich. Ich werde hier sowieso nur eine Weile bleiben. Und ehrlich gesagt bin ich nicht sicher, ob ich in der Lage wäre, die ganzen Zeichen, die es in der Chemie gibt, auswendig zu lernen, vor allem, nachdem ich schon über einen Monat Schule versäumt habe.

»Also gut«, sagt er. Er besteht nicht darauf, sondern trägt mich für Schreibmaschine ein.

Ich komme zu spät in meine erste Unterrichtsstunde, Englisch. Ich gebe dem Lehrer, einem jungen Typ, der Jeans und einen Pullover trägt, meine Karte. Er heißt Mr. Vanderhoot. Er liest meine Karte laut vor. »Davis Wexler.«

»Davey«, sage ich zu ihm. »Alle nennen mich Davey.«

»Sicher. Okay, Davey. Setz dich. Egal, wohin. Wir lesen gerade *Große Erwartungen* von Dickens. Hast du es gelesen?«

»Nein.«

»Gut. Du kannst dir nach dem Unterricht ein Buch abholen. Und besorge dir die Mitschrift von jemand Schlauem. Lass mich mal sehen …« Er blickt sich im Raum um. »Versuche es mit Jane. Jane, heb die Hand. Da drüben sitzt sie«, sagt er zu mir.

Mr. Vanderhoot scheint ein etwas ausgeflippter Typ zu sein. Er gefällt mir jetzt schon.

Nach dem Unterricht kommt Jane auf mich zu. »Darum haben meine Eltern mich Jane genannt«, sagt sie.

»Was?«, frage ich verwirrt.

»Du weißt schon … dieses Theater mit Davis-Davey. Mit einem simplen Namen wie Jane hat man nie so ein Theater.«

»Ach, das«, sage ich. »Daran bin ich gewöhnt.«

»Du kannst meine Notizen heute mitnehmen. Sie sind in Ordnung.«

»Danke.«

Wir stellen fest, dass wir beide die zweite Schulstunde frei haben, und laufen zusammen nach draußen. Jane ist groß und blond und sie wäre schön, bis auf ihr fliehendes Kinn, das fast nicht vorhanden ist. Wir überqueren den Parkplatz, dann die Fußgängerbrücke über den Diamond Drive und betreten einen schmuddeligen Laden, in dem Jane Gemüsesaft und Salzbrezeln kauft. Ich mag keinen Gemüsesaft, deshalb kaufe ich mir eine Dose Grapefruitsaft.

Draußen vor dem Laden ruft eine Gruppe von Jungen mit Cowboystiefeln und Riesenhüten uns dreckige Bemerkungen nach. Jane ignoriert sie und murmelt: »Prolls.«

Wir gehen zurück über die Brücke und setzen uns auf eine Rasenfläche vor dem Schulgebäude. Eine kühle Brise weht und Jane wickelt sich in ihren Poncho, während ich den Reißverschluss meiner Jacke hochziehe.

»Wo kommst du her?«, fragt Jane.

»Atlantic City«, erkläre ich.

»Wo ist das … in Kalifornien?«, fragt sie.

»Nein, in New Jersey.«

»Ach, richtig … New Jersey.«

»Ja«, sage ich, erstaunt, dass sie dachte, Atlantic City wäre in Kalifornien.

»Ich glaube, ich habe an Studio City gedacht. Das ist in Kalifornien.« Sie knabbert an einer Salzbrezel. »Atlantic City … ist das nicht da, wo die Miss-Amerika-Wahlen stattfinden, oder?«

»Genau«, sage ich.

»In einem Jahr war meine Schwester mal in der Endauswahl, aber sie hat gegen ein Mädchen verloren, das Beethoven pfeifen konnte.« Jane verspeist den Rest der Brezeln, wischt sich die Krümel von der Hand und sagt: »Seid ihr hierher gezogen?«

»Ja. Vor ein paar Wochen.«

»Ist dein Vater Physiker?«

»Nein«, sage ich. »Mein Vater ist … tot.« Es ist das erste Mal, dass ich das jemandem erzähle.

»Oh«, sagt Jane. »Das tut mir Leid.«

»Er ist im Sommer gestorben«, erzähle ich ihr. »An einem Herzinfarkt.« Jetzt, wo ich angefangen habe, kann ich plötzlich nicht mehr aufhören. »Er starb im Schlaf. Alle haben gesagt, es sei ein sehr friedlicher Tod gewesen. Dass er keine Schmerzen hatte. Er war erst vierunddreißig.« Warum mache ich das? Warum erzähle ich ihr so eine Geschichte?

»Ich weiß gar nicht, was ich sagen soll«, sagt Jane zu mir. »Es klingt schrecklich.«

»Mein Onkel ist Physiker«, sage ich. »Wir wohnen bei ihm und bei meiner Tante.« Jetzt will ich das Thema wechseln. Ich will davon abkommen, auf welche Weise mein Vater starb. »Wo bist du her?«

»Ich … ich komme von hier … aus Los Alamos.«

»Tatsächlich?«

»Ja. Ich bin hier geboren. Ich hab noch nie woanders gelebt. Aber ich war schon in Kansas. Da wohnen meine Großeltern und ich war auch schon in Tennessee. Mein Vater hat da in einem Labor gearbeitet … in Oak Ridge … sechs Monate lang. Da ist es ganz ähnlich wie hier.« Sie zerdrückt die Gemüsedose mit der Hand, wirft sie in die Luft und fängt sie dann wieder auf. Ein paar Tropfen Gemüsesaft tropfen heraus und landen in ihrem Haar.

»Wo wohnst du … in White Rock oder auf dem Hügel?«

»Auf dem Hügel«, sage ich. »Im Westen. Und du?«

»Bathtub Row«, erzählt sie mir. »Hör zu, ich muss jetzt gehen. Ich hab jetzt wieder Unterricht. Wir treffen uns später und dann gebe ich dir meine Notizen, okay?«

»Klar. Okay.«

Beim Abendessen erzähle ich Bitsy und Walter von Jane. »Sie wohnt in Bathtub Row.«

Jason lacht, dass ihm die Milch gleichzeitig aus Mund und Nase läuft. »Badewannenallee! Ist das bei der Toilettenterrasse?«, fragt er. »Oder bei der Waschbeckenstraße?«

Bitsy erklärt, dass Bathtub Row das teuerste Wohngebiet in der Stadt ist. Die Häuser dort stehen auf dem Gelände der ehemaligen Highschool für Jungen. In alten Zeiten, bevor Los Alamos die Atomstadt wurde, gab es hier nur die Jungenschule. Dann, in den Vierzigerjahren, als Oppenheimer und die anderen berühmten Wissenschaftler zusammenkamen, um die Bombe zu entwickeln, durften die wichtigsten von ihnen in den Häusern dort wohnen, und das waren die einzigen Häuser, die eine Badewanne hatten.

»Deine Freundin muss die Tochter von jemandem in leitender Position im Labor sein, wenn sie in Bathtub Row wohnt«, sagt Bitsy. »Wie ist denn ihr Nachname?«

»Weiß ich nicht. Ich hab sie nicht gefragt.«

Nach dem Abendessen möchte Walter meinen Stundenplan sehen. Er dreht fast durch, als er sieht, dass ich keinen naturwissenschaftlichen Kurs belegt habe. »Wie konnten sie deine Anmeldung zulassen, ohne auf einem Kurs der Wissenschaften zu bestehen?«

»Ich wollte lieber einen Schreibmaschinenkurs besuchen«, erkläre ich. »Chemie kann ich auch noch nächstes Jahr belegen.«

»Schreibmaschine«, sagt Walter verärgert. »Lächerlich. Und im nächsten Jahr solltest du Physik I belegen. Du wirst in Verzug geraten.«

Ich habe große Lust, ihm zu sagen, dass ich keinerlei Pläne habe, Physik I zu belegen, weder im nächsten Jahr noch sonst irgendwann.

»Du musst an deine Zukunft denken«, sagt Walter zu mir. »Du möchtest doch auf ein gutes College gehen, nicht wahr?«

»Ich weiß nicht«, sage ich.

»Natürlich weißt du das.«

»Nein, weiß ich nicht! Ich weiß noch nicht mal, ob ich überhaupt aufs College gehen will.«

Walter gießt sich ein Glas Brandy ein, schwenkt ihn ein wenig im Glas herum und nimmt dann einen herzhaften Schluck. »Was willst du mit deinem Leben anfangen, Davey?«, fragt er.

»Woher soll ich das wissen? Ich bin doch erst fünfzehn!«

»Es ist nie zu früh, mit der Lebensplanung zu beginnen«, ruft er, doch ich bin schon aus dem Zimmer gestürmt und Minka folgt mir auf den Fersen.

Ich gehe schnurstracks in das Zimmer meiner Mutter, um ihr zu sagen, dass Walter mich nervt und dass ich keine Lust habe, mit ihm über mein Leben zu diskutieren, und dass sie was dagegen unternehmen muss, etwas, das ihm das Maul stopft. Aber Mom schläft, ihr Mund ist halb geöffnet. Sie röchelt leise. Um das Bett verstreut liegen Fotos. Ich bin so wütend, dass ich sie am liebsten schütteln würde.

Ich gehe in mein eigenes Zimmer und lasse mich mit einer Ausgabe von *Große Erwartungen* auf das Bett fallen.

Ich bin beim zweiten Kapitel angelangt, als Jason in mein Zimmer kommt. Aber ich kann mich an nichts mehr erinnern, was im ersten Kapitel passiert ist, und ich kann keine der Figuren auseinander halten.

»Was ist mit Mom los?«, fragt Jason.

»Du weißt doch«, sage ich zu ihm. »Sie hat Kopfschmerzen.« Er trägt seinen Footballschlafanzug und sieht richtig klein und süß aus. »Mach dir keine Sorgen. Sie wird wieder gesund werden.«

»Vielleicht auch nicht«, sagt er. »Vielleicht stirbt sie.«

»Sie wird nicht sterben«, sage ich.

»Woher weißt du das?«

»Ich weiß es einfach.«

»Wenn sie doch stirbt, bleiben wir dann hier bei Onkel Walter und Tante Bitsy?«

»Sie wird nicht sterben.«

»Aber wenn sie doch stirbt …«

»Ja«, sage ich und klappe das Buch zu. »Ich nehme an, dann würden wir hier bleiben.«

»Das ist alles, was ich wissen wollte.«

»Jason …«, sage ich. Er hat einen losen Zahn und wackelt ihn mit den Fingern hin und her. Er ist so unschuldig, denke ich.

»Ja …«

»Gibst du mir denn keinen Gutenachtkuss?«

»Ich … dir einen Kuss geben?«

»Ja. Jetzt mach schon …« Ich strecke die Arme nach ihm aus. »Stell dir einfach vor, ich wäre nicht deine Schwester. Stell dir vor, ich wäre eine wunderschöne Prinzessin.«

Er tritt an mein Bett und ich greife nach ihm und umarme ihn. »Es wird schon alles gut werden«, flüstere ich ihm ins Haar. »Bestimmt … bestimmt … bestimmt …«

Sechzehn

Am Samstag fahre ich zur Schlucht. Die Luft ist kühl und ich trage meinen irischen Pullover. Als ich hinauf in die Berge schaue, sehe ich, dass die Blätter der Espen sich verfärbt haben und die gesamte Gebirgswand in einen wunderschönen Goldton tauchen, der sich von dem Tiefblau des Himmels abhebt. Morgen wollen Walter und Bitsy mit uns ins Gebirge fahren, damit wir die Espen aus der Nähe betrachten können.

Ich strample hart und schnell und kann es kaum erwarten, die Schlucht zu erreichen.

Wolf ist da und wartet auf mich. »Wo warst du, Tiger?«

»Schule«, sage ich zu ihm. »Sie haben mich gezwungen, in die Schule zu gehen.«

»Schule«, wiederholt er und nickt. Er fragt nicht, wer mich gezwungen hat. Er fragt nicht, weshalb ich nicht schon früher zur Schule gegangen bin.

Wir klettern in die Schlucht hinab. Ich kann jetzt viel schneller klettern. Das habe ich gelernt, indem ich Wolf beobachtet und imitiert habe. Meine Wanderstiefel sitzen bequem, wie angegossen.

Als wir auf dem Grund angelangt sind, ruhen wir uns auf einem Felsen aus. »Erinnerst du dich daran, als du gesagt hast, ich hätte traurige Augen?«, sage ich.

»Ich erinnere mich.«

»Das kommt daher, weil mein Vater tot ist.«

Wolf sieht mich an, schüttelt langsam den Kopf und sagt: »Wir haben viel gemeinsam, Tiger … denn meiner liegt im Sterben.«

Später, als die Zeit gekommen ist, die Schlucht wieder zu verlassen, sage ich: »Heute habe ich dich nicht zum Lachen gebracht.«

Und Wolf sagt: »Mir war nicht zum Lachen zu Mute.«

Als ich nach Hause fahre, bin ich sehr traurig. Ich wünschte, ich könnte mit meiner Mutter reden. Aber als ich zu Hause ankomme, schläft sie wieder fest, die Rollos in ihrem Zimmer sind heruntergezogen und verdunkeln das Zimmer, als ob es Nacht wäre. Manchmal habe ich das Gefühl, als ob sie aus meinem Leben verschwunden ist. Und ich vermisse sie.

Ein paar Tage später überreicht Walter mir eine kleine Karte. »Bewahre sie in deinem Portmonee auf, Davey. Jetzt, wo du ein Mitglied der Familie bist, ist für dich ein Platz in einem Atombunker reserviert worden.«

»In einem Atombunker?«, sage ich und fange an zu lachen, teils nervös und teils ungläubig.

Aber Walter macht ein ganz ernstes Gesicht und sagt: »Ja. Die Nummern sind auf der Karte eingetragen. Du solltest sie auswendig lernen.«

»Wird es einen Krieg geben?«, frage ich. »Werden wir bombardiert werden?«

»Nein«, sagt Walter. »Zumindet hoffe ich es nicht. Aber es ist immer besser, auf alles vorbereitet zu sein. Unser Problem in diesem Land ist, dass wir nie handeln, bevor es zu spät ist. Die Russen hingegen haben ein ausgezeichnetes Schutzprogramm für die Zivilisten. Sie werden im Angriffsfall höchstwahrscheinlich überleben. Ich wünschte, ich könnte das Gleiche von uns sagen. Es ist genauso wie mit der Energiekrise. Unser Land wartet so lange, bis die Lichter ausgehen. Dann erst werden wir sehen, wie schnell wir die Atomkraft akzeptieren. Aber dann wird es zu spät sein. Zu spät. Behalte auf alle Fälle deine Karte … auch wenn du sie wahrscheinlich nie brauchen wirst.«

Heute Abend ist Walter ganz schwermütig. Und schon bei seinem dritten Glas Brandy.

Siebzehn

In der Stadt gibt es mehr als 250 Klubs und Bitsy ist Mitglied in neun von ihnen, wenn man den Morgenspaziergang, die Jazzgymnastik zweimal in der Woche und die Batikgruppe nicht mitrechnet. Ihr Kalender ist so voll, dass er wie der Terminkalender eines Arztes aussieht. Dennoch hat sie immer Zeit für die Familie, vor allem für Jason, der sich ihr und Walter immer mehr anschließt. Eines Abends höre ich, wie Bitsy Walter erzählt, dass Jason sie an Adam erinnert, als er noch ein Junge war. Ich glaube, Bitsy vermisst meinen Vater mehr, als sie uns zeigt.

An der Highschool gibt es auch viele Klubs und Verbindungen. Danielle, ein Mädchen aus meinem Kurs Amerikanische Kulturen, will mich dazu überreden, dem Verband zur Erhaltung kreativer Anachronismen beizutreten. Sie läuft in einer Toga und Römersandalen herum. Außerdem hat sie sich eine wuschelige koboldartige Figur an die Schulter geheftet. Während des Unterrichts strickt sie. Ich habe sie noch nie mitschreiben sehen und doch weiß ich, dass sie in allen Fächern eine Eins hat.

»Wir veranstalten Turniere im Lanzenbrechen«, erzählt sie mir am Mittwoch nach dem Unterricht. Sie steht so nahe vor mir, dass ich den Knoblauch in ihrem Atem riechen kann.

Ich habe keine Ahnung, was kreative Anachronismen sind oder weshalb jemand das Verlangen haben könnte, sie zu erhalten. Dennoch sage ich: »Hör mal … Lanzenbrechen ist nicht mein Ding.«

Eindeutig enttäuscht schüttelt sie den Kopf und legt mir den Arm um die Schulter. »Du könntest es doch wenigstens versuchen.«

Ich rücke von ihr ab und frage mich, ob sie wohl eine Lesbe ist. »Ich habe mich in letzter Zeit zu sehr verausgabt«, sage ich. Das ist ein Spruch, den ich von Bitsy aufgeschnappt habe, die ihn beim Telefonieren immer dann anwendet, wenn sie darum gebeten wird, diese oder jene ehrenamtliche Tätigkeit zu übernehmen.

»Bei was?«, fragt Danielle, während sie das Wuschelgeschöpf auf ihrer Schulter krault, als ob es ein Lebewesen wäre. Sie gibt nicht so leicht auf.

»Ich habe viele familiäre Verpflichtungen«, sage ich. Ich weiß nicht, weshalb ich mir die Mühe mache, einen Vorwand zu finden, da ich ihr keine Erklärung schuldig bin.

»Und sonst …«, sagt sie.

»Und dann helfe ich auch noch im Krankenhaus aus.« Das stimmt zwar nicht ganz, aber Jane drängt mich seit einiger Zeit, mich zusammen mit ihr anzumelden, und jetzt entscheide ich mich spontan, es zu tun. Ich würde alles tun, nur um Danielle loszuwerden.

Danielle nimmt diese Mitteilung mit einem Achselzucken entgegen. »Ich dachte, du wärst anders als der Durchschnitt«, sagt sie und hängt sich ein grünes Cape um die Schulter. »Aber wie ich sehe, habe ich mich geirrt.« Sie rauscht an mir vorbei zur Tür hinaus.

In nur zwei Wochen habe ich eine Menge über die Dynamik an dieser Schule gelernt. Zum einen wird jeder nach Gruppenzugehörigkeit definiert. Es gibt die Computerfreaks, die Abgetörnten, die Sportfreaks und die Cowboys. Die Computerfreaks beschäftigen sich hauptsächlich mit Computern und tragen einen Taschenrechner am Gürtel. Sie sind Abbilder ihrer Väter und büffeln, um die besten Noten zu bekommen, damit sie auf die besten Colleges gehen können. Die Abgetörnten beschäftigen sich hauptsächlich mit Alkohol und Drogen, und davon gibt es hier reichlich. Was immer man will, wird in den Kofferräumen der auf dem Parkplatz abgestellten Autos zum Verkauf angeboten. Sportfreaks sind halt Sportfreaks. Jede Gruppe macht sich über jede andere Gruppe lustig. Die Computerfreaks lachen über die Sportfreaks. Die Sportfreaks lachen über die Abgetörnten. Die Abgetörnten lachen über die Cowboys. Die Cowboys laufen in riesigen Hüten und Cowboystiefeln herum. Sie kauen Tabak und spucken den Saft aus, fahren in Pick-up-Trucks in der Gegend umher und suchen Streit.

Mir ist klar, dass ich hier nie dazugehören werde. Natürlich gibt es auch noch andere Schüler, die nicht dazugehören. Ein Mädchen namens Ann zum Beispiel, das auf dem Flur herumschreit. Ich werde aus ihr nicht schlau. Vielleicht hat sie wie ich die Sinnlosigkeit des Versuchs erkannt, sich anzupassen.

Es gibt auch Jungen, die keine richtigen Computerfreaks sind, die aber auch nicht in die anderen Gruppen passen. Und sie haben es schwer. Denn den Kids hier macht es großen Spaß, alles und jeden herunterzumachen, der nicht genauso ist wie sie. Manchmal überlege ich mir, wie toll es wäre, wenn die von uns, die nicht zu einer der etablierten Gruppen gehören, eine eigene Gruppe bilden würden, die sich die Übriggebliebenen nennt. Dann könnten wir uns zusammentun und uns über die Cowboys, die Abgetörnten, die Sportfreaks und die Computerfreaks kaputtlachen.

Es gibt nur ein oder zwei Schwarze an der Schule und eines Abends frage ich Walter, woher das kommt.

»Um die Wahrheit zu sagen, Davey«, sagt er, »gibt es sehr wenige schwarze Wissenschaftler in unserem Land. Wir versuchen mehr von ihnen zu rekrutieren. Wir versuchen intelligente schwarze Jungen und Mädchen zu ermutigen, die naturwissenschaftlichen Fächer zu studieren. Dafür stehen Stipendien zur Verfügung.«

»Meine Freundin Lenaya möchte Wissenschaftlerin werden«, erinnere ich ihn.

»Ja, ich weiß.«

Aber nicht nur Schwarze fehlen. In New Mexico sind drei Kulturen vertreten. Die der Latinos, der weißen Amerikaner und der amerikanischen Ureinwohner. In der dritten Klasse befassten wir uns mit den amerikanischen Ureinwohnern, nur nannten wir sie damals Indianer. Und was wir damals über sie lernten, beschämt mich heute.

Meine Familie ist angelsächsisch. Weiß. Europäisch. Und in diesem Bundesstaat machen wir die Minderheit aus. Nur nicht in Los Alamos. Los Alamos ist eine Stadt der weißen Amerikaner. Absolut. Und an unserer Highschool gibt es keine Vertreter der amerikanischen Ureinwohner und es gibt nur eine Hand voll südamerikanischer Schüler, die zufällig hier leben, weil ihre Väter im Labor beschäftigt sind, wo sie Wartungsdienste verrichten.

Ich gehe zur Geometriestunde, doch der Lehrer lässt sich nicht blicken. Das ist nichts Außergewöhnliches. Seit ich hier zur Schule gehe, hat er schon fünfmal den Unterricht ausfallen lassen. Und bisher hatten wir noch nicht ein einziges Mal eine Vertretung, was bedeutet, dass er nicht etwa den ganzen Tag fehlt, sondern nur für die Dauer unseres Unterrichts. Immer wenn er nicht erscheint, lässt er uns einen Film sehen, der meistens nichts mit Mathematik zu tun hat. Die meisten Schüler machen es sich dabei bequem und schlafen ein. Irgendeiner schnarcht fast immer. Ein paar Kids nutzen den abgedunkelten Raum zum Knutschen. Aber mich stören die Filme nicht. Ich finde sie interessanter als Geometrie.

Der heutige Film handelt von der Bluterkrankheit. Der Erzähler hat eine tiefe Stimme und sagt, die Bluterkrankheit ist eine erblich veranlagte Störung, bei der das Blut nicht gerinnt. Hauptsächlich sind Männer davon betroffen, doch sie wird von Frauen übertragen. Als Symptom treten übermäßige, manchmal ganz plötzliche Blutungen auf. Da ich in der achten Klasse *Nikolaus und Alexandra* gelesen habe, wusste ich das schon. Trotzdem bin ich nicht auf einen Film vorbereitet, der von Blut handelt. Mein Herz fängt an, laut zu schlagen, und ich bekomme keine Luft mehr. Mitten im Film muss ich aus Angst, das Bewusstsein zu verlieren, den Raum verlassen.

Reuben, der eine Mischung aus Computerfreak und ganz normalem Menschen ist, folgt mir auf den Gang. Er hat drei Fächer mit mir zusammen und ich merke schon seit dem ersten Schultag hier, dass er mich beobachtet. Es ist das erste Mal, dass er mich anspricht. »Kannst wohl kein Blut sehen, was?«, witzelt er.

Ich weiß, dass er es gut meint, aber sobald er es ausgesprochen hat, steigt Übelkeit in mir auf, und ich fühle, dass ich mich gleich übergeben muss. Ich presse die Stirn gegen die kühle Betonwand im Flur und zähle langsam bis zwanzig. Das Gefühl der Übelkeit geht vorüber.

»Möchtest du Wasser?«, fragt Reuben.

»Nein.«

»Wie kann ich dir helfen?«

»Gar nicht«, sage ich. »Geh ins Klassenzimmer zurück.«

»Und du?«

»Ich gehe nach Hause.« Und damit verlasse ich einfach das Schulgebäude. Ohne Erlaubnis. Ohne Entschuldigung. Ich gehe einfach nach Hause.

Als ich dort ankomme, ist es still im Haus. Bitsy ist im Museum, wo sie ihre Führungen macht. *Und das hier ist die Bombe, die wir über Nagasaki abgeworfen haben … und das hier ist die Bombe, die wir über Hiroshima abgeworfen haben …*

Ich laufe die Treppe hoch, am Zimmer meiner Mutter vorbei. Ich werfe einen Blick hinein und sehe, dass sie quer auf dem Bett ausgestreckt liegt. Sie hält ein paar Fotos in den Händen.

»Mom«, sage ich. »Was tust du da?«

Sie sieht mich an, als ob sie nicht weiß, wer ich bin.

»Du musst aufhören, die Medikamente gegen Kopfschmerzen zu nehmen«, sage ich zu ihr. »Hörst du … du musst damit aufhören!«

Sie nickt. »Ja«, sagt sie. »Ich muss damit aufhören.«

Mir ist, als ob meine Mutter und ich die Plätze vertauscht hätten, und das gefällt mir nicht. Als ob sie jetzt das kleine Mädchen ist und ich die Mutter bin. Ich will nicht, dass eine solche Verantwortung auf mir lastet, und ich bin froh, dass Walter und Bitsy da sind.

Und doch weiß ich noch gut, dass vor ein paar Monaten, als ich zusammengebrochen und nicht mehr aufgestanden bin, Mom für mich da war und mir wieder auf die Beine geholfen hat. Und irgendetwas in meinem Inneren sagt mir, dass ich jetzt nicht wütend auf sie sein sollte. Dass ich ihr helfen sollte. Aber ich weiß nicht, wie.

Es sind jedoch nicht nur die Medikamente, es sind nicht nur die Kopfschmerzen selbst, und als Bitsy diesmal mit Mom zum Arzt fährt, empfiehlt er eine Therapie. Er verschafft Mom einen Termin im Familienberatungszentrum. Dort soll sie morgen eine Frau namens Miriam Olnick aufsuchen.

»Ich muss wieder auf die Beine kommen«, erklärt Mom abends beim Essen. Es ist das erste Mal seit einer Woche, dass sie mit uns zu Abend isst.

Jason schlägt mit der Gabel gegen den Tisch, als ob er den Takt zu einer Marschmelodie schlage, die nur er hören könne.

»Ich muss wieder auf die Beine kommen«, sagt Mom noch einmal.

Walter streckt den Arm aus und legt die Hand auf Jasons Hand, um die Gabel zum Verstummen zu bringen.

»Ich bin nicht mehr ich selbst«, sagt Mom. »Ich bin nicht mehr die, die ich war, bevor Adam …« Ihre Stimme schwindet und am Tisch entsteht eine Totenstille. Sie hat zum ersten Mal laut seinen Namen vor uns ausgesprochen. »Bevor Adam …« Sie versucht es noch einmal, doch ihr versagt die Stimme.

»Starb«, sage ich.

Alle sehen mich an. Ich spüre, wie mir das Blut in die Wangen steigt. Dann wenden alle den Blick ab, als ob ich ein dunkles Geheimnis verraten hätte. Jason geht wieder dazu über, mit der Gabel gegen den Tisch zu schlagen.

»Nun …«, sagt Bitsy schließlich in dem Versuch, fröhlich zu klingen, »ihr wisst ja, wie schnell das Essen auf dieser Höhe abkühlt …«, und dann reicht sie jedem von uns eine große Portion Tetrazzini mit Huhn.

Achtzehn

Ich informiere Jane, dass ich mich entschieden habe, mich zusammen mit ihr als ehrenamtliche Krankenhaushelferin zu melden.

Sie sagt: »Geil … das wird auf unserer Bewerbung fürs College richtig gut aussehen.«

Ich überlege, ob ich ihr sagen soll, dass das nicht der Grund ist, weshalb ich mich melde. Dass das College so ziemlich das Letzte ist, woran ich zurzeit denke. Dass ich noch nicht einmal weiß, ob ich überhaupt aufs College gehen will. Aber ich entschließe mich, nichts zu sagen. Ich habe keine Lust, mich noch einmal auf eine Diskussion über meine Zukunft einzulassen.

Gemeinsam gehen wir zum Krankenhaus von Los Alamos. Wir betreten ein Zimmer, dessen Tür mit »Leiterin der freiwilligen Helfer« beschriftet ist, und dort wird uns ein Vortrag über die Aufgaben der Schulhelfer gehalten. Wir sind ungefähr fünfzehn an der Zahl und drei davon sind Jungen. Ich versuche, sie mir in rot-weiß gestreiften Kittelschürzen vorzustellen, und fange an zu kichern. Als ich einmal damit angefangen habe, kann ich nicht mehr aufhören. Jane blickt zu mir herüber und zieht die Augenbrauen hoch. Ich schaue weg und versuche mich zusammenzureißen.

»Grundsätzlich«, sagt die Leiterin, »ist es eure Aufgabe, den Krankenschwestern und Pflegern zu helfen. Ihr teilt die Post und die Blumensträuße aus, vergewissert euch, dass die Kranken frisches Wasser haben, und helft beim Servieren des Abendessens. Unter keinen Umständen dürft ihr den Patienten Medikamente verabreichen, auch dürft ihr ihnen nichts zu essen oder zu trinken bringen, außer dem, was für sie bestellt worden ist. Es kann gelegentlich vorkommen, dass einer von euch freiwilligen Helfern es mit einem schwierigen Patienten zu tun bekommt. Wenn das der Fall ist, müsst ihr es mir sofort persönlich melden.«

Jane lehnt sich zu mir herüber und flüstert: »Während meine Schwester als Helferin arbeitete, hatte sie einen Exhibitionisten als Patient.«

Mit den Lippen forme ich das Wort »widerlich« und wende mich dann wieder dem Vortrag der Leiterin zu.

»Wir sind euch sehr für euren Zeitaufwand und eure Hilfe dankbar«, sagt sie. »Und wenn ihr jetzt bitte mitkommen wollt, kümmern wir uns um eure Uniform und dann könnt ihr an die Arbeit gehen.«

Ich brauche mir doch keine Sorgen zu machen, dass die Jungen in Kittelschürzen herumlaufen werden. Ihnen werden weiße Hemden und rot-weiß gestreifte Schlipse ausgehändigt.

Meine erste Aufgabe ist es, den Wasserwagen durch den Gang zu schieben, bei jedem Zimmer zu halten und die Krüge der Patienten mit frischem Wasser und Eiswürfeln aufzufüllen.

Ich betrete ein Doppelzimmer. Überall stehen Blumensträuße. Beide Patientinnen sind Frauen mittleren Alters und keine der beiden macht einen besonders kranken Eindruck. Sie sitzen in ihren Betten und lesen – eine liest einen Roman von Harold Robbins; die andere liest die Zeitschrift *Atlantic Monthly*. Sie blicken kaum auf, als ich ihre Wasserkrüge auffülle.

Das nächste Zimmer ist auch für zwei Personen eingerichtet, doch hier liegt nur ein Patient. Ein älterer Mann. Er hat eine Glatze, ist sehr dünn, und seine Haut ist fast grau.

»Hallo«, sagt er. »Ich habe schon auf dich gewartet.«

Er spricht mit einem melodischen New-Mexico-Akzent. Abends höre ich auf meinem Zimmer oft das spanische Radioprogramm. Ich liebe den Klang der Sprache, obwohl ich kein Wort verstehe. Und derselbe musikalische Klang findet sich auch oft im Englisch der Latinos wieder.

»Sie haben auf mich gewartet?«, frage ich.

»Auf so ein hübsches Mädchen wie dich.«

O nein, denke ich, und mir fällt Janes Geschichte über ihre Schwester und den Exhibitionisten wieder ein. Wenn er irgendetwas Komisches versucht, dann sage ich ihm einfach, er solle es wieder wegpacken, und danach gehe ich schnurstracks ins Büro der Leiterin.

Ich fülle seinen Wasserkrug auf, und während ich ihm den Rücken zuwende, sagt er: »Sieh mal.«

Ich drehe mich so schnell um, dass ich fast den Krug fallen lasse, und dann sehe ich, wie er ein Spielzeug aufzieht. Es ist ein Tanzbär. Er stellt ihn auf seinen Nachttisch und dort tanzt der Bär im Kreis herum. »Mein Sohn hat ihn mir mitgebracht ... aus Kalifornien ... er geht da zur Schule.«

Ich lache nervös, einerseits wegen des Tanzbären, andererseits über mich selbst, weil ich so misstrauisch war.

»Arbeitet dein Vater im Labor?«, fragt er.

»Nein, aber mein Onkel«, sage ich.

»Fünfzehn Jahre lang war ich beim Wartungsteam beschäftigt.« Er streckt die Hand aus, um mir die Hand zu schütteln, und stellt sich vor. »Willie Ortiz.«

Seine Hand ist knochig und zerbrechlich, und während ich sie schüttle, kann ich nicht umhin, den Unterschied zwischen meiner und seiner Hand wahrzunehmen. »Ich heiße Davey Wexler«, erzähle ich ihm.

Er zieht den Tanzbären noch einmal auf und diesmal ist mein Lachen echt. »Der ist wirklich süß.«

»Magst du ihn? Dann gehört er dir.« Und er hält mir den Bären hin, bevor er zum Stillstand gekommen ist, sodass die Beine des Bären sich noch immer bewegen.

»Ach nein«, sage ich, »das kann ich nicht annehmen.«

»Warum nicht?«

»Weil …«, hole ich aus. »Weil er Ihnen gehört.«

»Hijole! Du machst es mir nicht leicht. Ich sag dir was. Ich werde nicht mehr lange hier sein. Und wenn ich weg bin, möchte ich, dass du ihn bekommst. Okay?«

»Ja, okay …«

»Ich habe Krebs, weißt du … aber ich bin zum Sterben bereit.«

Das sagt er mit einer solchen Leichtigkeit, dass ich sicher bin, ich habe mich verhört.

»Schon seit langer Zeit«, sagt er. »Zu lange. Immer rein und raus aus dem Krankenhaus. Aber diesmal ist es das letzte Mal.«

Ich wende mich ab und sehe aus dem Fenster. Gerade geht die Sonne unter. Nichts, was ich je gesehen habe, gleicht einem Sonnenuntergang in New Mexico. Der ganze Himmel färbt sich rosa, dann rot, dann lila. Warum musste er mir erzählen, dass er im Sterben liegt?

»Sei nicht traurig«, sagt er.

Ich wende mich ihm wieder zu und hoffe, er bemerkt nicht, wie nahe ich den Tränen bin.

»Ja also …«, sage ich, »werde ich Sie nächste Woche sehen?«

»Sicher. Nächste Woche.«

Nach der Arbeit treffe ich mich draußen mit Jane. Es fängt an, kalt und dunkel zu werden. Ich knöpfe mir die Jacke zu und stelle den Kragen hoch. Ich werde mir einen Hut und Handschuhe kaufen müssen.

»Wie ist es gelaufen?«, fragt Jane.

»Okay.«

»Irgendwelche Probleme?«

»Nein. Und bei dir?«

»Auch keine.«

Wir machen uns auf den Heimweg.

»Wenn du die Wahl hättest«, sage ich, »würdest du dann lieber langsam an Krebs sterben oder schnell, wie zum Beispiel, indem du erschossen wirst?«

»Ich bin mir nicht sicher«, sagt Jane. »Bei Krebs hast du Zeit, dich darauf vorzubereiten. Und du würdest dich so schlecht fühlen, dass du dir wahrscheinlich das Ende herbeiwünschen würdest. Wenn du erschossen wirst, na ja, das würde so plötzlich passieren …«

Ich warte nicht, bis sie den Satz beendet hat. Ich unterbreche sie, indem ich sage: »Du hättest keine Zeit, Abschied zu nehmen.«

Neunzehn

Bitsy liest ein Buch mit dem Titel *Wie ernähre ich meine Kinder richtig.* Und nun bekommen wir jeden Morgen einen Teelöffel rohe Kleie unter unsere Frühstücksflocken gemengt. Das verhindert im späteren Leben Hämorriden, wie Bitsy uns versichert.

»Was sind Hämorriden?«, fragt Jason.

»Mach dir darüber keine Gedanken«, sagt Bitsy. »Iss nur deine Flocken mit Kleie und dann wirst du es nie herausfinden.«

»Aber wenn ich nicht weiß, was das ist, woher weiß ich dann, dass ich keine haben will?«

»Glaub mir«, sagt Bitsy. »Du willst keine haben.«

Bitsy nimmt uns sehr ernst, als ob wir ihre eigenen Kinder wären, als ob sie für uns verantwortlich wäre. Aber ich nehme an, dass wir bald nach Hause fahren werden. Vielleicht noch vor Weihnachten, denn Mom war in den vergangenen zwei Wochen viermal bei Miriam Olnick im Familienberatungszentrum. Sie ist Bitsys Jazzgymnastikgruppe beigetreten und sie sieht wieder gesünder aus. Sie ist noch immer verkrampft und tendiert dazu, immer dann in ihr Zimmer zu rennen, wenn man es am wenigsten erwartet, aber es geht ihr besser. Auch wenn sie manchmal abschaltet und ich sicher bin, dass sie kein Wort hört, wenn ich versuche, mit ihr zu reden, zum Beispiel darüber, dass Bitsy mir Taschengeld gibt.

»Worüber sprichst du mit Miriam?«, frage ich sie eines Abends. Ich sitze auf dem Küchentresen, knabbere an einem Selleriestück und Mom bereitet ihre Spezialität – Spinatquiche – zu. Sie hat sich bereit erklärt, heute Abend zu kochen, um Bitsy zu entlasten, aber ich glaube nicht, dass Bitsy darüber besonders begeistert ist. Die Küche ist ihr Reich. Es ist das erste Mal, seit wir in Los Alamos eingetroffen sind, dass Mom eine Mahlzeit zubereitet.

»Wir sprechen über alles«, sagt Mom. »Man kann gut mit ihr reden.«

»Redest du über Dad? Über jene Nacht?«

Mom zögert, sagt dann »Ja«. Sie sagt es sehr leise und blickt dabei nicht auf.

Wie kommt es, dass sie mit Miriam über ihn sprechen kann, aber nicht mit mir?

Als das Abendessen fertig ist, helfe ich Mom beim Auftragen. Walter stochert nur in seiner Spinatquiche herum und ich ärgere mich über ihn, weil er Mom das Gefühl gibt, sie wäre nicht gelungen.

Er macht alles nur noch schlimmer, indem er sagt: »Sie schmeckt gut, Gwen. Ich habe nur zu viel zu Mittag gegessen.«

»Sie ist ausgezeichnet«, sagt Bitsy. »Ich habe schon seit Jahren keine Spinatquiche mehr gegessen. Walter mag kein …« Abrupt unterbricht sie sich und schlägt sich mit der Hand auf den Mund, als ihr bewusst wird, dass sie sich versprochen hat.

»Ich glaube, man kann behaupten, dass ich ein reiner Steak-und-Kartoffel-Esser bin«, erklärt Walter.

»Es ist schon in Ordnung«, sagt Mom. »Ich hätte euch vorher fragen sollen.«

Ich hoffe, dass Mom nicht wegen dieser Sache in Tränen ausbricht. Sie klingt, als ob sie nahe dran ist. Ich wünschte, wir könnten einfach darüber lachen, doch es herrscht am Tisch zu viel Spannung, um einfach zu lachen. Ich muss daran denken, dass wir an dem Abend, als mein Vater starb, auch Spinatquiche gegessen haben …

Wir liefen den Strand entlang – zu viert – und sangen dabei, so laut wir nur konnten, *This Old Man*. Mom und Dad liefen eng umschlungen und waren in ihrer berühmten Schmusestimmung. Ich dachte gerade an später, wenn ich mit Hugh ausgehen würde, als Jason sich von hinten anschlich und mir einen Eimer Wasser über den Kopf kippte. Sein Dracula-Umhang bauschte sich hinter ihm auf, während er wegrannte und rief: »Du kriegst mich nicht … du kriegst mich nicht …« Und dann gingen wir zum Abendessen nach Hause. Spinatquiche, grüner Salat und Sauerteigbrot …

Ich frage mich, ob Jason sich auch daran erinnert. Ich sehe ihn an. Er schaufelt das Essen in sich hinein.

»Was gibt's Neues in der Schule, Jase?«, frage ich.

»Meine Lehrerin ist so groß, dass sie die Fenster ohne Stock aufmachen kann.«

»Wow … so groß, hm?«

»Und schlau dazu«, sagt Jason. »Sie weiß alles.«

»Sie klingt toll«, sage ich zu ihm.

»Ich hab dir doch gesagt, dass wir hier hervorragende Schulen haben«, sagt Bitsy.

Am nächsten Abend liege ich auf dem Wohnzimmerboden und spiele mit Jason Monopoly. Jason landet auf der Virginia Avenue und obwohl ich schon St. Charles Place und State Street besitze, kauft er sie. Er versäumt nie die Gelegenheit, Virginia Avenue zu kaufen, weil wir in Atlantic City auf der Virginia Avenue wohnen. Das Monopolyspiel erinnert mich an zu Hause.

Walter und Bitsy gehen heute mit Mom auf eine Party. Als Mom die Treppe herunterkommt, trägt sie ihren langen Rock und einen schwarzen Pullover. Sie sieht hübsch aus und das sage ich ihr auch.

»Danke, Liebling«, sagt sie.

»Und du riechst auch gut«, sagt Jason, während sie ihm einen Gutenachtkuss gibt.

»Es ist Chanel Nummer fünf. Ich habe es heute gekauft.«

Ich würfle, bewege mein Männchen acht Straßen weiter und lande auf *Gehen Sie in das Gefängnis.*

»Wie schade!«, sagt Jason und hält seine *Du-kommst-aus-dem-Gefängnis-frei*-Karte hoch.

Walter hilft erst Bitsy und dann Mom in den Mantel. Mom sagt: »Die Telefonnummern der Polizei und der Feuerwehr hängen an der Pinnwand in der Küche. Die Nummer der Grants, bei denen wir sind, auch. Wenn es irgendwelche Probleme gibt, dann ruft uns dort an.«

»He, Mom«, sage ich, »ich habe in Atlantic City dauernd Babysitter gespielt … weißt du das nicht mehr? Ich weiß Bescheid.«

Mom macht ein unschlüssiges Gesicht und wendet sich Bitsy zu. »Ich weiß nicht … vielleicht sollte ich doch heute Abend hier bleiben. Ich fühle mich eigentlich nicht wohl genug für eine Party.«

»Unsinn«, sagt Walter. »Sie wird dir gut tun.«

»Lass niemanden rein«, sagt Mom zu mir. »Wer immer es auch sein mag … Selbst wenn sie sagen, sie seien von der Polizei … öffne niemandem die Tür.«

»Es ist schon in Ordnung, Gwen«, sagt Bitsy. »Es gibt keinen sichereren Ort als den Hügel, glaub mir.«

Plötzlich wird mir klar, worum es eigentlich geht. Heute ist das erste Mal, dass Mom uns abends allein lässt. Das erste Mal, seit mein Vater umgebracht worden ist.

Ich höre, wie die Haustür ins Schloss fällt.

»Okay«, sagt Jason, »ich kaufe ein Hotel für den Boardwalk und noch eins für Park Place und zwei Häuser für …«

»Hast du etwa die Bank beklaut, du kleiner Gauner?«

Jason kann kaum ein Lachen unterdrücken. »Wer, ich?«

Ich weiß, dass er es getan hat. Dass er sich, während ich mit Mom geredet habe, zu Fünfhundertdollarscheinen verholfen hat.

Ich breche in Kriegsgebrüll aus und Jason macht sich aus dem Staub und rennt durch das Haus. Ich verfolge ihn und wir lachen uns beide halb tot. Als ich ihn schließlich erwische, drücke ich ihn auf den Boden und fange an, ihn zu kitzeln.

»Nein … bitte nicht … hör auf … hör auf …«, schreit Jason.

Ich höre auf, aber ich lasse ihn nicht los.

Wir sind beide außer Atem und schnappen nach Luft.

Nach einer Weile sage ich: »Jason … vermisst du Daddy?«

Jason dreht den Kopf zur Seite.

»Vermisst du ihn?«

Er presst die Lippen fest aufeinander und antwortet mir nicht.

»Ich weiß, dass du ihn vermisst, Jason, also warum sagst du es dann nie? Und warum weinst du nie?«

»Nur kleine Kinder weinen«, murmelt er.

»Nein«, sage ich ihm, »jeder weint. Wenn du traurig bist, ist es okay, zu weinen.«

»Lass mich los«, sagt er.

»Nicht bevor du es sagst. Nicht bevor du sagst, dass du Daddy vermisst.«

»Nein!« Er versucht sich von mir loszumachen.

»Okay«, sage ich, »dann werde ich es für dich sagen. Ich vermisse Daddy. Ich vermisse ihn sehr.« Ich lasse ihn los und er steht auf und rennt weg.

»Jason …«, rufe ich, »möchtest du nicht das Spiel zu Ende spielen?«

Aber er ist schon oben. »Spiel es selber zu Ende«, ruft er und dabei weint er.

Ich weiß nicht, warum ich das getan habe. Ich weiß nicht, warum ich uns das Spiel verdorben habe. Uns den ganzen Abend verdorben habe. Es war einfach, weil ich so ein starkes Bedürfnis habe, mit jemandem über meinen Vater zu sprechen, der ihn genauso gekannt und geliebt hat wie ich.

Zwanzig

Jane ruft an und lädt mich ein, am Samstag bei ihr zu übernachten. »Komm früher«, sagt sie, »damit wir den Nachmittag zusammen verbringen können.«

Bitsy ist beeindruckt, als sie hört, dass ich im Haus der Albertsons übernachten werde. »Bud Albertson ist Abteilungsleiter, weißt du, und ein ganz wichtiger Mitarbeiter auf der Führungsetage im Labor. Manche Leute behaupten, Bud hätte mehr Einfluss als der Leiter.«

»Das wusste ich nicht«, sage ich. Ich verschweige, dass es mir auch egal ist.

»Und Brenda ist in meiner Literaturgruppe.«

Bitsys Literaturgruppe trifft sich jeden Donnerstagabend, um neue Bücher zu lesen und darüber zu diskutieren. Diese Woche ist es eine Biografie über Georgia O'Keefe.

Ich packe eine kleine Reisetasche und gehe zu Fuß zu Janes Haus. Es ist das erste Mal, dass ich die Bathtub Row besuche. Als ich dort ankomme, wachst ihr Schwager Howard in der Einfahrt gerade ein Paar Ski. Ich habe Howard noch nie gesehen, doch Jane hat mir ihre ganze Familie genau beschrieben. Howard ist groß und schlank und lässt sich gerade einen Bart wachsen. Janes Schwester ist die erste Frau, mit der er jemals geschlafen hat, und auch das erst nach der Hochzeit. Ich weiß viel über Janes Familie. Ich weiß zum Beispiel, dass ihre Eltern sich einmal in der Woche lieben, immer Samstagnacht.

»Hallo«, sagt Howard zu mir. »Du bist sicher Davey.«

»Ja.«

»Jane ist drinnen.«

Das Haus sieht aus wie eine Blockhütte. Es ist ziemlich weit nach hinten versetzt, umgeben von Pinien und Sitkafichten. Ich klopfe an die Eingangstür. Jane öffnet mir.

»Hi«, sagt sie. »Komm rein und lern meine Mutter kennen.«

Innen sieht das Haus wie ein gewöhnliches Haus aus, bis auf die Holzbalken, die an einer der Wohnzimmerwände frei liegen und dem Haus einen rustikalen Anstrich geben.

Ich folge Jane in die Küche, wo sie mich ihrer Mutter Brenda vorstellt, einer molligen Frau mit Grübchen und Janes Gesichtszügen. Sie bäckt gerade Plätzchen. Bitsy bäckt auch sehr oft. Mittlerweile ist Jason ihr Lehrling geworden. Gemeinsam backen sie Plätzchen mit Schokoflocken, mit Zitronenglasur, mit Zuckerguss, mit Haferflocken, mit Apfelmus, Spritzgebäck – sie backen alles, was man sich nur vorstellen kann. Ein Traum von mir ist, dass Jason eines Tages ein so guter Plätzchenbäcker wird, dass wir nach unserer Rückkehr nach Atlantic City auf der Strandpromenade eine Konditorei aufmachen werden. Einen richtig exklusiven Laden. Und auf dem Schild steht dann *Jason Wexler, Der Plätzchenspezialist,* oder so ähnlich. Ich übernehme die Werbung und Mom kümmert sich um das Kaufmännische. Wir werden ein Vermögen verdienen. In sämtlichen großen Hotels wird man unsere Filialen finden. Und wir werden Plätzchen in alle Welt verschicken, genauso wie die James'-Saltwater-Toffeeshops. Wir werden in einer Penthousewohnung in einem der neuen Hotels wohnen, mit Meeresblick von jedem Zimmer.

»Hallo, meine Liebe«, sagt Janes Mutter. »Ich freue mich so, dich kennen zu lernen.«

Auf dem Küchenboden krabbelt ein entzückendes dickes Baby herum. Jane nimmt es auf den Arm und gibt ihm einen schmatzenden Kuss. »Und das ist mein Neffe Robby. Ist er nicht süß?«

Jane reicht ihn mir und er grapscht sich eine Hand voll meiner Haare und versucht, daran zu kauen. Er babbelt mit uns in der Babysprache und wir lachen alle.

Robby ist der Sohn von Howard, der in der Einfahrt stand, und von Janes Schwester Linda. Das ist die Schwester, die es einmal in die Endrunde der Misswahlen in New Mexico schaffte.

Janes andere Schwester Taffy geht auf die Kaufmännische Berufsschule in Albuquerque. Sie kommt an jedem zweiten Wochenende nach Hause.

»Wo ist dein Vater?«, frage ich Jane, während wir durchs Haus gehen.

»In seinem Arbeitszimmer«, flüstert Jane und zeigt auf eine verschlossene Tür. »Er denkt nach. Samstags denkt er immer nach. Aber nachher wirst du ihn kennen lernen. Normalerweise kommt er zum Abendessen raus. Komm mit nach oben … in meinem Zimmer sieht es chaotisch aus … ich bin gerade dabei, meinen Schrank auszuräumen.«

Ich steige hinter Jane die Treppe hinauf und bewundere das polierte Holzgeländer, das sich kühl und glatt anfühlt.

»Meine Mutter ist Präsidentin des Wandervereins für

Frauen«, wirft Jane über die Schulter. »Sie kennt die Namen sämtlicher Wildblumen des gesamten Südwestens.«

»Find ich gut.«

Jane hat nicht übertrieben. In ihrem Zimmer herrscht das totale Chaos; die Kleidungsstücke sind überall verstreut.

»Hab ich es dir nicht gesagt«, sagt sie lachend.

»Wo ist die Badewanne?«, frage ich.

»Möchtest du jetzt baden?«

»Nein«, sage ich und fange auch an zu lachen. »Ich will sie aus historischen Gründen sehen.«

»Ach, deshalb«, sagt sie. »Komm mit.« Sie nimmt mich an der Hand und führt mich den Flur hinunter ins Badezimmer. »Voilà«, sagt sie.

Es ist eine altmodische Wanne. Sie steht nicht direkt auf dem Boden, sondern hat Füße und zwei Wasserhähne, einen für heißes und einen für kaltes Wasser. Ich schaue mich nach einem Schildchen um, auf dem *Hier hat J. Robert Oppenheimer gebadet* steht, doch ich finde keines. New Jersey ist voll von solchen Schildchen, die *Hier hat George Washington geschlafen* verkünden.

Ich versuche mir Oppenheimer in der Badewanne vorzustellen. Vielleicht hatte er ja seine genialen Einfälle während eines heißen Bades oder vielleicht ließ er auch Plastikschiffchen schwimmen, so wie Jason. Wer weiß?

Wir gehen in Janes Zimmer zurück und ich lasse mich auf ihr Bett fallen. Sie stellt das Radio an. Ein altes Lied der Eagles ertönt. Sie fängt an ihre Kleider zusammenzufalten und wegzuräumen.

Ich summe das Lied aus dem Radio mit und sehe mich in Janes Zimmer um. An der Wand hängen drei Poster, eins von Jimmy McNicol, eins von Eric Heiden auf Rollerblades und eins von Björn Borg. Alle drei sind mit Lippenstiftküssen übersät.

»Auf die Weise entferne ich den überschüssigen Lippenstift«, erklärt sie, als sie sieht, wie ich die Poster betrachte.

Ich verstehe. Früher habe ich das Küssen auf meinem Kopfkissen geübt. Aber das erzähle ich Jane nicht. Stattdessen sage ich: »Du trägst sehr selten Lippenstift.«

»Früher schon«, sagt sie. »In der neunten Klasse hab ich mich sehr mit Make-up beschäftigt.«

Das überrascht mich. Jane wirkt auf mich nicht wie der Typ, der mit Make-up herumexperimentiert. Doch dann erinnere ich mich, wie Lenaya und ich in der achten Klasse immer zu Woolworth gingen und sämtliche Muster ausprobierten.

Nachdem Jane ihre Kleider weggeräumt und das Zimmer einigermaßen aufgeräumt hat, holt sie ein Revlon-Nagelset hervor und fängt an sich die Hände zu maniküren.

»Auf welches College willst du gehen?«, fragt sie, während sie sich die Fingernägel feilt.

»Ich weiß es nicht«, antworte ich. »Schließlich sind wir ja noch nicht in der letzten Klasse und müssen uns noch nicht sofort entscheiden.«

»Aber das ist doch etwas, was man frühzeitig planen muss.«

»Ich weiß noch nicht mal, ob ich überhaupt aufs College gehen will«, erzähle ich ihr.

»Echt?«

»Ja. Und ich finde es blöd, sich schon so lange im Voraus darüber Sorgen zu machen. Man weiß nie, was in der Zwischenzeit alles passieren kann.«

»So habe ich es noch nie gesehen«, sagt Jane. »Mein Vater möchte, dass ich auf das MIT gehe, weil er da war, und meine Mutter redet ständig über Wellesley, weil sie da war. Meine Eltern stellen hohe Erwartungen an mich.« Sie lackiert sich die Fingernägel in hellem Apricot. »Linda und Taffy haben sie schwer enttäuscht, vor allem meinen Vater. Keine von beiden hat je viel in der Schule geleistet. Jetzt hängt alles von mir ab.«

»Ich lasse mir von niemandem dreinreden, wie ich mein Leben leben soll«, sage ich.

»Da bist du mutiger als ich.«

»Das hat mit Mut nichts zu tun.«

»Finde ich schon.« Als ihre Nägel perfekt lackiert sind, hält sie die Finger in die Höhe und bewundert das Resultat. »Soll ich deine auch machen?«, fragt sie, während sie ihre Fingernägel trockenbläst.

Ich werfe einen Blick auf meine Fingernägel. Sie sehen schlimm aus. Seit August habe ich sie vernachlässigt. Vorher trug ich sie immer kurz geschnitten. Aber jetzt haben sie alle verschiedene Längen und die Spitzen sind abgebrochen.

»Du könntest eine gute Maniküre gebrauchen«, sagt Jane. »Ich will dich ja nicht beleidigen, aber es ist mir schon aufgefallen.«

Ich nicke und gestatte ihr, mir die Nägel zu machen. Sie feilt sie mit einem Schmirgelstab. Sie geht sanft mit mir um.

Bevor sie die Nägel meiner linken Hand fertig gefeilt hat, klingelt das Telefon im Flur. Sie rennt nach draußen, um den Hörer abzuheben. Ich nehme eine Ausgabe der Zeitschrift *Seventeen* in die Hand und blättere sie durch. Die Models sehen allesamt perfekt aus. Ich wünschte mir, ein paar von ihnen hätten Pickel oder fettige Haare. Ich trete vor den Spiegel und untersuche mein Gesicht. Heute ist keiner meiner Glanztage. Ich sehe müde aus und mein Haar hängt kraftlos herab.

Jane kommt mit erhitztem Gesicht zurück und sagt: »Das war Ted.«

Ted ist oft mit Reuben, dem Jungen, der mich ständig anstarrt, zusammen. Seit Wochen hege ich den Verdacht, dass Jane sich für Ted interessiert. Hier ist die Bestätigung.

»Er will heute Abend vorbeikommen«, sagt sie aufgekratzt, »… mit Reuben.« Sie hält inne und sieht mich an. »Ich hab ihm gesagt, es sei okay.«

Sie setzt sich wieder und greift nach meiner Hand. Ich strecke sie ihr hin und sie feilt weiter an meinen Nägeln herum.

»Wenn es dir was ausmacht, kann ich ihn zurückrufen und ihm sagen, er soll ein anderes Mal kommen.«

Manchmal ist Jane so höflich, dass es mich nervt.

»Wir gehen einfach nur spazieren oder so«, sagt sie. »Nichts Großartiges. Ich dachte, es würde dir nichts ausmachen. Sonst hätte ich nicht Ja gesagt.«

Ich kann mich nicht dazu aufraffen, ihr zu sagen, es sei okay, und ich weiß selbst nicht, warum.

Mittlerweile hat Jane den Nagel meines kleinen Fingers bis aufs Nagelbett abgeschliffen. »Hör zu«, sagt sie mit großen Augen, »vergiss es einfach. Ich ruf ihn an und lass mir irgendeine Entschuldigung einfallen.«

»Nein«, bringe ich schließlich heraus. »Es ist okay. Es macht mir nichts aus.«

Sie sieht erleichtert aus. »Es ist ja nicht so, als ob du ihn hassen würdest«, sagt sie.

»Richtig. Ich hasse ihn nicht.«

Jane hält ein Fläschchen Nagellack hoch. »Wie wär's damit?«, fragt sie. »Ich glaube, die Farbe würde dir sehr gut stehen … bei deinem Hauttyp.« Sie beginnt mir die Fingernägel zu lackieren und der Farbton, der in der Flasche fast braun aussah, entpuppt sich als ein ekliger Lilaton.

»Hast du viel Erfahrung?«, fragt sie.

»Womit?«, frage ich in der Annahme, sie rede von meinen Fingernägeln.

»Du weißt schon … mit Jungens.«

»Ach so, Jungens.«

»Hast du Erfahrung?«

»Nicht viel«, antworte ich.

»Wie viel?«

»Ein bisschen.«

»Ich hab gar keine«, sagt sie. »Ich habe zwei Jungens geküsst und das war's.«

»Mach dir darüber keine Sorgen«, sage ich.

»Ich soll mir darüber keine Sorgen machen?«, entgegnet sie. »Worüber soll man sich denn sonst Sorgen machen … außer der Schule?«

Manchmal kommt mir Jane so naiv vor, dass ich nicht glauben kann, dass wir gleichaltrig sind.

»Weißt du, wie ich über Sex aufgeklärt worden bin?«, fragt sie.

»Nein, wie denn?«

»Ich hab das Wort in der Kartei der Leihbücherei nachgeschaut.«

Ich lache. »Echt?«

»Echt. Bei zwei älteren Schwestern sollte man annehmen können, dass mir irgendjemand Auskunft geben würde, aber als ich sie fragte, sagten sie: ›Frag Mutter.‹ Und als ich meine Mutter fragte, sagte sie: ›Du bist noch zu jung, um so etwas zu fragen.‹ Eigentlich sollte man annehmen können, dass sie uns in der Schule Sexualkunde erteilen würden, oder? Ich meine, schließlich liegt es im Interesse der Wissenschaften.«

Jetzt lachen wir beide.

»Und wie weit bist du gekommen?«, fragt Jane.

Ich antworte nicht. Stattdessen prüfe ich meine Fingernägel und sage: »Danke. Sieht gut aus.« Dann blase ich darauf, genau wie Jane es gemacht hat, damit sie schneller trocknen.

»Bis zum Letzten?«, fragt Jane.

Mir wird klar, dass sie glaubt, ich hätte viel Erfahrung, weil ich es vermieden habe, ihr zu antworten. Ich versuche die Sache richtig zu stellen. »Nein«, sage ich nachdrücklich. »Nicht bis zum Letzten.«

»Warst du nahe dran?«, fragt sie.

»Nein. Noch nicht mal das.« Ich erzähle ihr nichts von Hugh. Ich erzähle ihr nichts von den heißen, schwülen Sommernächten. Vom salzigen Geschmack auf seinen Lippen. Davon, wie fest sich sein Körper an meinen schmiegte. Das kann ich mit niemandem teilen. Weder mit Jane noch mit sonst jemandem.

Vor dem Abendessen bade ich in der berühmten Wanne. Ich liege eine lange Zeit still im heißen Wasser. Im Wasser, das mir bis zum Kinn steht, breitet sich mein Haar wie ein Fächer aus. Gewöhnlich versuche ich, nicht an Hugh zu denken und daran, wie es zwischen uns war, weil ich dann immer ganz aufgewühlt werde, und zurzeit möchte ich mich nicht mit diesen Gefühlen auseinander setzen. Aber ich muss trotzdem daran denken. Ich muss an alles denken. Vor allem an jenen letzten Abend …

»Was gibt's Neues, Davina?«, fragte Hugh. Er kannte meinen richtigen Namen, aber er nannte mich spaßeshalber Davina.

»Nicht viel«, sagte ich.

Wir saßen auf dem Geländer mit Blick auf den Strand und aßen Softeis. Zuvor waren wir in einem motorisierten Korbwagen über die Promenade gekurvt. Mittlerweile war es dunkel geworden. Ich schlug die Füße gegeneinander und dabei rutschte eine meiner Strandsandalen von meinem Fuß und fiel in den Sand. Hugh sprang hinunter, um sie zu holen. Während er sie mir anzog, streichelte er die Innenseite meines Beins. »Wie wär's mit einem Spaziergang am Strand, Davina?«

»Komm schon, Hugh … ich kann nicht, das weißt du doch.«

»Ich kann nicht … ich kann nicht … ich kann nicht«, machte er mich nach.

»Du weißt doch, dass das eine der Regeln meiner Eltern ist.«

»Und Regeln sind dazu da, dass man sie missachtet, stimmt's?«

»Diese nicht«, sagte ich. »Aber du kannst mit nach Hause kommen.«

»Dein Vater ist doch da.«

»Na und? Wir haben doch einen Garten.«

Nicht, dass ich nicht mit Hugh am Strand spazieren gehen wollte. Klar wollte ich das. Die Vorstellung, mit ihm allein, ganz allein zu sein, den Sand unter unseren Füßen, während der Mond aufs Meer schien, gefiel mir sehr. Aber ich hatte meinen Eltern versprochen, dass ich es nicht tun würde.

Daher liefen Hugh und ich nach Hause und gingen direkt in den kleinen Garten hinter dem Laden. Ich lehnte mich gegen die Weide. Der einsame Lichtstrahl aus dem Laden warf einen Schatten auf das vertrocknete Gras. Hugh legte die Arme um mich, küsste mein Gesicht, meinen Hals. Sein Atem war heiß. Ich klammerte mich an seinem T-Shirt fest, während seine Hand von meiner Schulter zum oberen Rand meines Bikinitops, dann zu meiner Taille und wieder nach oben wanderte. Der Duft meines *Charlie*-Parfüms lag in der Luft.

Aus dem Laden konnten wir eine Sinfonie hören, die aus Vaters Radio ertönte. Beide atmeten wir schwer. Hughs Körper war eng an meinen gepresst und er flüsterte: »Davey … ach, Davey …«

Mir wurde so schwach in den Knien, dass ich mich hinlegen wollte. Mich in Hughs Armen auf den Boden legen und geschehen lassen wollte, was immer auch geschehen würde. Egal, was geschehen würde …

Doch dann hörten wir einen Feuerwerkskörper und dann noch einen und noch einen und noch einen. Hugh riss sich von mir los und sagte: »Was zum Teufel …«

Und dann rannten wir beide, rannten auf den Laden zu.

Einundzwanzig

Davey ... bist du bald so weit?«, ruft Jane und klopft an die Badezimmertür. »Das Essen ist fertig.«

»Ich komm gleich«, rufe ich und schlucke den Schluchzer, der in mir hochsteigt, hinunter. Ich spritze mir Wasser ins Gesicht, steige aus der Wanne und trockne mich ab.

Unten sind die anderen schon um den Esstisch versammelt. Sie warten auf uns. »Es tut mir Leid«, sage ich. »Ich wusste nicht, dass es schon so spät ist.«

»Das macht nichts, meine Liebe«, sagt Janes Mutter.

Janes Vater sitzt am oberen Ende des Tisches. Er ist groß, hat fleischige Wangen, eine Nickelbrille und drahtiges graues Haar, das er sehr kurz trägt. Ich bemerke eine Narbe quer über seine Stirn. Jane hat mir erzählt, dass er vor einem Jahr einen schweren Autounfall hatte. Ich versuche, ihn nicht anzustarren, während ich mich hinsetze. Er sagt: »Hallo, Davey.« Dann vertiefen er und Howard sich in ein langes Gespräch über das Labor. Ich versuche erst gar nicht, dem Gespräch zu folgen.

Robby sitzt auf einem Babystuhl neben Linda; sie füttert ihn mit Häppchen unseres Abendessens. Ich bemerke, dass Linda wieder schwanger ist, und wundere mich, warum Jane mir das nicht erzählt hat.

Das Gespräch an unserem Tischende dreht sich ums Skifahren. Linda und Jane hoffen, dass es bald schneit, damit das Skigebiet noch vor Weihnachten eröffnet wird.

»Fährst du Ski, Davey?«, fragt Janes Mutter.

»Nein, aber ich würde es gern lernen.«

»Ich kann es auch nicht«, sagt sie, »aber Dr. Albertson ist ein hervorragender Skiläufer und alle drei Mädchen tun es ihm gleich.«

Zuerst bin ich nicht sicher, wer Dr. Albertson ist. Dann geht mir auf, dass das ja Janes Vater ist. Bei dem Wort Doktor denke ich meistens an einen Arzt oder Zahnarzt, doch Los Alamos ist voller Akademiker, die sich gegenseitig Doktor nennen.

»Du darfst Howard nicht vergessen«, sagt Linda. »Howard ist ein sagenhaft guter Skiläufer. Er ist quasi auf Skiern groß geworden. Er ist aus Kanada.«

Ich frage mich, ob Linda in diesem Winter Ski fahren wird, obwohl sie schwanger ist. Fragen will ich sie lieber nicht. Vielleicht ist sie doch nicht schwanger. Vielleicht ist sie einfach nur dick.

»Wenn Robby drei ist, stellen wir ihn auch auf Skier«, sagt Linda und füttert ihn mit einer Brotkruste.

Zum Nachtisch essen wir Schokoladenkuchen mit Vanilleeis, und als wir fertig sind, steht Janes Vater auf und sagt: »Es war sehr gut, Brenda.« Dann verschwindet er in seinem Arbeitszimmer und wir anderen waschen das Geschirr ab.

Um halb neun klingeln Ted und Reuben an der Haustür. Jane lässt sie herein. Sie warten im Hausflur und reiben sich die Hände. Man kann ihren Atem sehen. Wir holen unsere Jacken und verlassen das Haus, während Janes Mutter ruft: »Knöpft eure Jacken zu … es ist sehr kalt.«

Draußen greift Ted hinter einen Baum und bringt eine Wodkaflasche zum Vorschein. »Dachte mir, es sei vielleicht klüger, sie nicht mit ins Haus zu bringen.«

»Da hast du ganz richtig gedacht«, sagt Jane.

Ted öffnet die Flasche und während wir weiterlaufen, macht sie die Runde. Ich mache mir nichts aus Alkohol und nehme daher nur einen kleinen Schluck. Beim Hinunterschlucken brennt er mir in der Kehle und dann im Magen. Reuben nimmt ein paar Schlucke und sagt: »Ich hasse das Zeug, aber aufwärmen tut es einen schon.«

Ich behalte die Hände in den Taschen. Ich spüre, dass Reuben sonst versuchen würde, meine Hand zu halten. Nicht, dass ich ihn nicht mag. Ich finde ihn ganz in Ordnung, aber ich möchte nicht, dass er mich anfasst.

Ted hat den Arm um Jane gelegt. Sie trinken aus der Flasche und schmusen miteinander. Das nächste Mal, als Ted uns wieder die Flasche hinhält, schüttelt Reuben den Kopf und erklärt, wir hätten genug davon.

Man kann nirgendwohin laufen außer in die Stadt und da hat nichts geöffnet, außer Pizza Hut und dem Kino. Aber der Film hat schon um Viertel nach acht begonnen. Außerdem habe ich ihn vor zwei Jahren gesehen und fand ihn langweilig. Die Jungen haben einen Riesenhunger, daher gehen wir ins Pizza Hut und setzen uns hinten in eine Nische. Die Jungen zählen ihr Geld. Zusammen haben sie acht Dollar und vierundsechzig Cent. Sie entschließen sich, sich eine mittelgroße Pizza mit Extrakäse und Würstchen zu teilen. Wir bestellen einen Krug Cola, und nachdem die Kellnerin ihn gebracht hat, holt Ted die Wodkaflasche aus seiner Jackentasche und gießt erst ein paar Schuss Wodka in sein Colaglas und danach auch in das von Jane.

Janes Gesicht ist ganz rot und sie lacht und sabbert unkontrolliert. Ich mag es nicht, wenn meine Freunde betrunken sind. Lenaya hat einmal gesagt, dass es mir nicht so viel ausmachen würde, wenn ich selbst trinken würde. Aber ich fühle mich beim Trinken nicht wohl und hinterher fühle ich mich auch nicht besser. Einmal habe ich Bier getrunken, bis mir schlecht wurde, und fand es schrecklich.

Als wir wieder draußen sind, fängt Jane zu singen an und dreht sich auf dem Parkplatz immer im Kreis herum, mit ausgestreckten Armen wie ein wirbelnder Derwisch. Ich kann einfach nicht glauben, dass das hier meine Freundin Jane ist, die sonst so schüchtern und naiv wirkt.

»Es ist eiskalt«, sagt Ted. »Wärmen wir uns doch in einem Auto auf.«

»In was für einem Auto?«, frage ich.

»Irgendein Auto«, sagt Ted und sieht sich auf dem Parkplatz um. »Die sind alle im Kino. Vor halb elf kommen die nicht raus.« Er läuft von Auto zu Auto, testet die Türen, und beim fünften Versuch findet er eins, das offen ist. Es ist ein blauer Subaru mit Allradantrieb. Ted und Jane klettern auf den Rücksitz und überlassen Reuben und mir die Vordersitze. Mir gefällt das alles nicht. Der Besitzer des Wagens könnte jede Minute zurückkommen, und was dann? Wir könnten von der Polizei mitgenommen werden und dann würden sie unsere Eltern anrufen. Walters und Bitsys Vorwürfe würden nie ein Ende nehmen.

»Kann's kaum erwarten, Fahrunterricht zu nehmen«, sagt Reuben. »Ewig per Anhalter in der Stadt rumzufahren ist echt ätzend. Ich wohne ganz draußen in Barranca.« Er reibt sich die Hände. »Wenn wir bloß den Zündschlüssel hätten … dann hätten wir es ein bisschen wärmer.«

»Mach's dir doch selber wärmer«, ruft Ted vom Rücksitz aus. Er und Jane lachen hysterisch, dann kurbelt Ted das Fenster hinunter und wirft die leere Wodkaflasche auf den Parkplatz. Wir hören, wie das Glas zerspringt.

Jane und Ted sind mit Knutschen beschäftigt. Ich bekomme jedes Stöhnen, jeden Seufzer mit und kann mich des Verdachts nicht erwehren, dass Jane trotz der fehlenden Erfahrung keine großen Schwierigkeiten damit zu haben scheint.

Reuben und ich sitzen wie Zombies da, wie festgefroren auf unseren Sitzen, und das nicht nur wegen der Kälte. Wir starren geradeaus, sprechen nicht, berühren einander nicht, werfen dem anderen nicht mal einen Blick zu. Ich weiß, dass er am liebsten irgendwo anders wäre, genau wie ich. Wir fühlen uns beide unbehaglich, ohne zu wissen, wie wir der Situation entrinnen können. Ich versuche die Geräusche, die vom Rücksitz kommen, auszuschalten, indem ich an die Schlucht denke. Aber dann wimmert Jane: »Mir ist nicht gut … mir ist irgendwie … irgendwie …«

»Lass sie raus … lass sie raus …«, ruft Ted nervös und Reuben und ich öffnen gleichzeitig die Türen. Jane schafft es gerade noch rechtzeitig nach draußen. Sie erbricht sich über das gesamte Heck des Subaru.

Reuben und ich sind erleichtert. Jetzt erst blicken wir uns an und lächeln. Jetzt haben wir eine Ausrede, um nach Hause zu gehen. Aber Jane ist total fertig und wir müssen sie halb tragen und halb schleifen. Als wir an ihrem Haus angekommen sind, sage ich den Jungen gute Nacht. Ich hege nun viel freundschaftlichere Gefühle für Reuben, vor allem, weil er mich im Auto in Ruhe gelassen hat.

»Wir sehen uns Montag«, sagt er zu mir.

»Richtig … bis Montag«, sage ich.

Howards Auto ist weg und die Haustür ist unverschlossen. Ich drücke sie langsam auf. Ich zerbreche mir den Kopf, was ich Janes Eltern erzählen soll. In Gedanken wiederhole ich meinen Vortrag. Jane fühlt sich nicht gut, werde ich sagen. Sie hat in der Stadt eine Pizza gegessen, und das war einfach zu viel für sie nach Ihrem wunderbaren Abendessen, Mrs. Albertson. Auf dem Parkplatz hat sie sich dann übergeben. Es könnte natürlich auch sein, dass sie eine Grippe bekommt. Die geht gerade in der Schule rum.

Und wenn nun ihre Mutter den Alkohol riecht und sagt: »Du lügst, Davey Wexler. Und du übst einen schlechten Einfluss auf unsere Tochter aus. Wir hätten es ihr nie erlauben sollen, dich für das Wochenende einzuladen.«

Im Haus ist es ganz still. Ich halte den Atem an und irgendwie schaffe ich es, Jane die Treppe hinauf und in ihr Zimmer zu bringen, ohne dass ihre Eltern etwas mitbekommen. Ich erinnere mich daran, dass heute Samstagabend ist. Janes Mutter und Vater haben sich vermutlich in ihr Schlafzimmer eingeschlossen und lieben sich gerade. Oder vielleicht haben sie es getan, während wir ausgegangen waren, und schlafen jetzt. Ich will nicht länger an Sex denken. Es war schlimm genug, Ted und Jane zu hören.

Ich ziehe Jane bis aufs Hemd und auf die Unterwäsche aus, decke sie mit der Bettdecke zu und steige dann in den Schlafsack, den ihre Mutter für mich bereitgelegt hat. Ich schlafe rasch ein und träume von Wolf. Von uns beiden in unserer Höhle.

Es ist nicht das erste Mal, dass ich von ihm träume.

Zweiundzwanzig

Am nächsten Morgen um halb acht klopft es an unsere Zimmertür. »Aufstehen, ihr beiden«, ruft Janes Mutter. »Das Frühstück ist fertig. Wir müssen vor neun in der Kirche sein.«

Jane dreht sich um, stöhnt, setzt sich dann im Bett auf und sagt: »O Gott … es ist ja Sonntag.« Sie hält sich die Hände an den Kopf. »Ich fühle mich schrecklich. Ich glaube, ich sterbe. Oder bin ich gestern Abend gestorben? Was ist passiert?«

»Weißt du das nicht mehr?«, frage ich.

»Ich erinnere mich ans Pizza Hut … und an den ganzen Wodka …«

»Und das Auto … erinnerst du dich an das Auto?«

»Was für ein Auto?«

»Auf dem Parkplatz.«

»Nein.«

»Du und Ted, ihr wart auf dem Rücksitz.«

»Nein.«

»Und dann ist dir schlecht geworden.«

»Echt?«

»Komm, Jane. Du musst dich doch daran erinnern.«

»Nein«, sagt sie und schüttelt den Kopf. »Ich erinnere mich nicht.«

Mir kommt ein Gedanke. Jane glaubt, sie habe keine Erfahrung mit Jungen. Aber in Wirklichkeit hat sie jede Menge Erfahrung. Sie kann sich nur nicht daran erinnern.

»Du solltest nicht trinken«, sage ich zu ihr.

»Ich hab zu viel getrunken … das war alles.«

»Du solltest überhaupt nichts trinken, wenn du nicht damit umgehen kannst.«

»Ich fühle mich gut dabei. Es macht mich locker. Sonst bin ich Jungens gegenüber schüchtern.«

»Gestern Abend machtest du aber gar keinen schüchternen Eindruck.«

»Das ist ja genau das, was ich dir zu erklären versuche!« Jane steigt aus dem Bett. »Ich muss unter die Dusche. Kommst du mit uns in die Kirche?«

»Ich glaube nicht«, sage ich.

»Bitte, Davey. Ich kann heute früh den Gedanken nicht ertragen, mit meinen Eltern allein zu sein.«

Ich gebe keine Antwort.

»Als meine Freundin«, sagt Jane. »Tu's, weil du meine Freundin bist.«

»Na, okay«, sage ich.

»Danke. Das vergesse ich dir nie.«

Jane eilt den Flur entlang zum Badezimmer und ich ziehe mich an und wundere mich, weshalb ich ihr so böse bin. War es das Trinken? Nein, ich glaube nicht. Was dann? Das Knutschen auf dem Rücksitz? Ja, vielleicht. Aber warum? Weil ich auch wieder knutschen will? Weil ich auch wieder in starke Arme genommen werden will? Ist es das?

In Los Alamos gibt es mehr Kirchen, als ich je an einem Ort gesehen habe. Fast an jeder Ecke steht eine Kirche. Ich weiß nicht, ob Wissenschaftler vielleicht mehr beten als andere Leute oder welchen Grund es sonst haben könnte. Vielleicht haben sie größere Schuldgefühle und Ängste. Ich habe einmal einen Artikel in der Zeitschrift *Time* gelesen, in dem behauptet wurde, dass jede organisierte Religion auf Schuldgefühlen und Angst basiere. Das kann ich nicht beurteilen. Meine Eltern sind beide halb jüdisch. Eine Zeit lang besuchten wir die Unitarische Bruderschaft in Atlantic City und danach versuchten wir es im Sinaitempel. Jetzt gehen wir in keine Kirche mehr.

Nachmittags fahre ich zur Schlucht, in der Hoffnung, Wolf zu finden. Es ist ein kalter und grauer Tag. Ich warte zwei Stunden lang, aber er taucht nicht auf. Mit Tränen in den Augen fahre ich langsam nach Hause. Anscheinend kann ich das Gefühl der Leere, das gestern Abend einsetzte und nicht von mir weichen will, einfach nicht mehr loswerden.

Dreiundzwanzig

Glaubst du, dass wir an Weihnachten nach Hause fahren?«, frage ich Mom. Sie sitzt im Bett und liest. Sie legt das Buch zur Seite und macht mir Platz, damit ich mich neben sie setzen kann. Ich strecke mich aus, untersuche meine Fingernägel und fange an, den scheußlichen lila Lack abzukratzen.

»Ich dachte, du wüsstest es«, sagt Mom.

»Was soll ich wissen?«

»Dass wir das Schuljahr über hier bleiben.«

»Nein«, sage ich und richte mich abrupt auf. »Das hast du nie gesagt. Niemand hat das je gesagt.«

»Ich kann nicht zurückgehen, Davey.«

»Wovon redest du eigentlich … was meinst du damit, du kannst nicht zurückgehen?« Ich lasse die Nagellackflocken, die ich abgepult habe, fallen. Sie sinken auf den Boden wie winzige tote Blumen.

»Ich kann jetzt nicht zurückgehen«, sagt Mom. »So weit bin ich noch nicht. Da ist noch so viel, womit ich fertig werden muss. Ich bin gerade erst dabei, mich wieder zu fangen. Es liegt noch ein weiter Weg vor mir.«

»Warum hast du es mir nicht gesagt?«, frage ich. »Die ganze Zeit über habe ich gedacht, dass wir Weihnachten wieder zu Hause sein werden.«

»Nein, Liebling. Das wäre der schlechteste Zeitpunkt, um nach Hause zurückzukehren. Verstehst du das nicht? Außerdem bist du jetzt so richtig drin in der Schule. Es hätte keinen Sinn, dich mitten im Schuljahr wieder herauszureißen. Und Jason ist auch glücklich. Es ist doch schön hier. Dir gefällt's doch auch, oder?«

»Ich weiß nicht. An manchen Tagen schon und an anderen Tagen nicht. Aber ich hätte nie gedacht, dass wir hier bleiben. Niemals.«

»Nun, ich auch nicht«, sagt Mom, »aber Bitsy und Walter sind eine große Hilfe für uns und sie wollen, dass wir bleiben.«

»Muss ich weiterhin Kleie in meinen Frühstücksflocken essen?«

Mom lacht.

»Muss ich?«

»Es ist gesund.«

Ich bücke mich und hebe die winzigen Flocken Nagellack vom Boden auf und lege sie in meine hohle Hand.

»Wenn wir bleiben, dann möchte ich Ski fahren lernen. Alle reden über die Skisaison. Wenn es genug Schnee gibt, wird das Skigebiet noch vor Weihnachten eröffnet.«

»Darüber reden wir mit Walter und Bitsy«, sagt Mom. »Okay?«

Als wir darüber reden, sagt Walter: »Das ist undenkbar.«

»Aber alle fahren Ski«, sage ich zu ihm.

»Das ist übertrieben«, sagt Walter.

»Na ja, vielleicht nicht alle, du und Bitsy nicht … aber Janes ganze Familie, außer ihrer Mutter, fährt Ski.«

»Ich werde mich nicht mit dir herumstreiten, Davey«,

sagt Walter. »Meine Entscheidung steht fest. Ich nenne dir meine Gründe. Erstens ist es gefährlich. Zweitens ist es teuer. Drittens ist es ein Modesport, der überschätzt wird. Du kannst stattdessen Schlittschuh laufen. Es gibt hier einen sehr hübschen Teich, der bald einfriert.«

»Aber ich kann doch schon Schlittschuh laufen«, sage ich zu ihm.

»Gut. Dann bist du ja bestens vorbereitet.«

»Du verstehst mich nicht«, sage ich.

»Das sagst du jedes Mal zu uns, wenn wir nicht so reagieren, wie du es gern hättest.«

Ich bin frustriert und verunsichert über das, was Walter gerade gesagt hat. Walter verdreht mir die Worte im Mund und verwirrt mich damit. Es ist unmöglich, mit ihm zu argumentieren und zu gewinnen. Daher rufe ich nur aus: »Verdammt noch mal ...«

Und Walter sagt ruhig: »Wir sollten Emotionen aus dem Gespräch raushalten. Es schlicht und einfach bei der Logik belassen.«

Ich blicke Hilfe suchend zu meiner Mutter. »Ich bin sicher, dass Walter mehr über das Skifahren weiß als wir, Davey«, sagt sie.

»Aber er fährt doch nicht Ski«, widerspreche ich.

»Vielleicht nicht«, sagt Mom, »aber er weiß mehr darüber.«

»Außerdem«, sagt Bitsy, »kennen wir eine Familie, deren Tochter im Skiteam war, und sie fuhr gegen einen Baum, mit dem Kopf zuerst, und jetzt vegetiert sie in einem Krankenhaus in Albuquerque vor sich hin wie ein kümmerliches Gemüsepflänzchen. Die Eltern besuchen sie jeden Sonntag, aber sie erkennt sie nicht. Du möchtest doch nicht so ein armes Ding werden, das im Krankenhaus vor sich hin vegetiert, oder?«

»Was für ein Gemüsepflänzchen?«, fragt Jason.

»Wahrscheinlich hat sie es besser als ich!«, schreie ich. »Sie muss wenigstens nicht in diesem Haus leben.«

»Was soll denn an dem Haus nicht in Ordnung sein?«, fragt Bitsy.

»Was für ein Gemüsepflänzchen?«, fragt Jason noch einmal.

»Ein Radieschen«, sage ich zu ihm und stürme aus dem Zimmer.

»Wirklich«, sagt Jason, »ein Radieschen?«

Vierundzwanzig

Jede Woche freue ich mich darauf, im Krankenhaus auszuhelfen, und vor allem darauf, Mr. Ortiz zu besuchen. Er ist der einzige Patient, der seit meinem ersten Tag im Krankenhaus liegt. Wir sind Freunde geworden. Aber es ist schwer für mich, mit ansehen zu müssen, wie er immer schwächer wird. Sein Zustand verschlechtert sich von Woche zu Woche. Mittlerweile sind seine Wangen eingefallen und sein Körper scheint zu verwelken. Letzte Woche sah ich ihn ohne seine Zahnprothese und er sah uralt aus, obwohl ich aus seinen medizinischen Unterlagen ersehen kann, dass er erst siebenundfünfzig ist. Dabei bleibt er immer guter Laune. Ich verstehe nicht, wie jemand, der so krank ist, dem Tod so nahe ist, sich über jedes bisschen Leben freuen kann, das ihm noch verbleibt.

Mr. Ortiz hat es gern, wenn ich ihm von der Schule erzähle, und er hat entschieden, dass ich dem Schwimmteam beitreten soll. Ich habe ihm schon ein Dutzend Mal erklärt, dass ich nicht tauchen kann, dass ich fast nie mit dem Gesicht unter Wasser schwimme, aber er sagt, ich könne es lernen, ich hätte den Körperbau einer Schwimmerin. Er bedauert es, dass er selbst nie Schwimmen gelernt hat, aber sein Sohn war der Star des Highschool-Teams und Mr. Ortiz hat drei Jahre lang keinen Wettkampf versäumt. Ich verspreche ihm, dass ich es mir überlegen werde, doch in Wirklichkeit interessiere ich mich mehr für die Theateraufführung an der Schule. Es wird eine Aufführung des Musicals *Oklahoma!* und das Script und die Noten liegen im Sekretariat der Theaterabteilung aus, auch wenn die Proben erst in ein paar Monaten stattfinden. Ich bezweifle, dass Schüler der zehnten Klasse eine Chance auf eine Hauptrolle haben, aber es gibt ja noch den Chor, und es wäre schön, wieder zu singen, und das nicht nur unter der Dusche.

Jedes Mal wenn ich im Krankenhaus aushelfe, hebe ich mir Mr. Ortiz' Zimmer für zuletzt auf, damit ich mehr Zeit mit ihm verbringen kann. Während ich heute den Gang entlanggehe, sehe ich, dass seine Tür verschlossen ist, und mir wird schwer ums Herz. Immer wieder habe ich mir gesagt, dass ich mich auf Mr. Ortiz' Tod vorbereiten muss. Aber ich habe es nicht geschafft. Noch nicht.

Ich klopfe leise an die Tür, drücke sie dann auf und spüre große Erleichterung, als ich Mr. Ortiz im Bett liegen sehe. »Komm rein«, sagt er leise, als er sieht, dass ich es bin. »Komm rein. Ich möchte dir meinen Sohn vorstellen.«

Ich lasse meinen Blick durchs Zimmer schweifen. Sein Sohn hat mir den Rücken zugewandt. Er presst die Hände gegen den Fensterrahmen.

»Martin«, sagt Mr. Ortiz, »das ist Davey.«

Martin dreht sich um. Ich kann es nicht glauben! Es ist Wolf.

Wir starren uns an. Schließlich sagt er »Hallo«, als ob wir uns noch nie gesehen hätten.

Ich versuche, auch Hallo zu sagen, aber meine Stimme versagt. Ich huste, räuspere mich zweimal und sage es dann noch einmal. »Hallo.«

»Martin war Leiter des Schwimmteams«, sagt Mr. Ortiz, »und stellvertretender Kapitän des Fußballteams und er hat ein National-Merit-Stipendium gewonnen und außerdem den zweiten Preis im wissenschaftlichen Wettbewerb von Westinghouse und …«

»Lass doch, Dad«, sagt Wolf sanft. Er blickt zu Boden und weigert sich, mir in die Augen zu sehen. Das Haar fällt ihm ins Gesicht.

»Er spricht nicht gern über sich«, sagt Mr. Ortiz.

Als ob ich das nicht längst bemerkt hätte.

»Und jetzt hat er ein Vollstipendium an der Technischen Hochschule in Kalifornien«, sagt Mr. Ortiz. »Er ist Student im Grundstudium und eines Tages wird er ein hervorragender Physiker werden …«

»He, Dad …«, sagt Wolf, »mach mal halblang.« Und endlich sieht Wolf mich richtig an, als ob er sagen wollte: »Hör nicht auf diesen Blödsinn. So bin ich in Wirklichkeit nicht.« Der begeisterte Ausbruch seines Vaters macht ihn verlegen, aber er möchte auch nicht seine Gefühle verletzen. Ich will ihm klarmachen, dass es okay ist. Dass ich es schon verstehe.

»Du solltest stolz auf dich sein«, sagt Mr. Ortiz zu ihm. »Sieh dir an, was du in deinem Leben alles erreicht hast, und dabei bist du erst zwanzig Jahre alt.« Mr. Ortiz schließt die Augen. Das viele Sprechen hat ihn erschöpft. Als er sie wieder aufmacht, ist seine Stimme schwächer und ich muss nahe an ihn herantreten, um zu hören, was er sagt. »Na, was meinst du … ich bin ein Glückspinsel, nicht wahr?«

»Ja«, sage ich.

»Und dann sieht er auch noch gut aus.«

Ich nicke.

»Eines Tages wird er eine wichtige Position im Labor haben. Teamleiter … Abteilungsleiter … vielleicht sogar Leiter.«

»Wir werden sehen, Dad«, sagt Wolf. »Wir werden sehen.«

Mr. Ortiz hält Wolf den Tanzbären hin. »Zieh ihn für sie auf«, sagt er. »Sie hat es gern, wenn er tanzt.«

Wolf zieht den Tanzbären auf und stellt ihn auf den Tisch, wo er sich im Kreis dreht, bis er Anzeichen von Erschöpfung zeigt, sich immer langsamer bewegt und schließlich zum Stillstand kommt. Wie Mr. Ortiz, denke ich.

Mr. Ortiz schließt die Augen und flüstert: »Ich muss jetzt schlafen.«

Wolf küsst seinen Vater auf die Wange. »Bis heute Abend, Dad.«

Gemeinsam verlassen wir das Zimmer. Zuerst sagen wir nichts. Wir laufen den Gang entlang bis zum Aufzug und ich drücke auf den Knopf.

»Du warst überrascht, mich hier zu sehen«, sagt Wolf.

Überrascht ist leicht untertrieben. »Ja«, sage ich. »Ich bin überrascht. Warst du nicht überrascht, mich hier zu sehen?«

»Sicher doch.«

»Warum habe ich dich nicht schon früher hier gesehen?«, frage ich.

»Nachmittags habe ich sonst im Labor gearbeitet. Ich habe mir das Semester frei genommen, um bei meinem Vater zu sein. Gewöhnlich besuche ich ihn abends.«

Die Tür des Aufzugs öffnet sich und wir gehen hinein.

An einer Wand stehen zwei Krankenschwestern und ein Arzt.

»Ich fahr dich nach Hause«, sagt Wolf.

»Ich muss noch meine Sachen holen«, erkläre ich.

»Ich warte draußen«, sagt er.

»Okay … es dauert nur eine Minute.«

Rasch hole ich meine Jacke und meine Bücher aus dem Schrank im Büro der Leiterin und haste den Gang hinunter zur Drehtür. Dort steht Jane und wartet auf mich. Sie hat sich die Mütze über die Stirn gezogen.

»Ich werde nach Hause gefahren«, sage ich zu ihr. Ich gehe durch die Drehtür. Jane ist direkt hinter mir. Draußen wartet Wolf in einem zerbeulten Toyota-Pick-up. Er drückt auf die Hupe. Ich winke. »Bis morgen«, sage ich zu Jane. Sie sieht verwirrt und verletzt aus. Ich kann es ihr nicht verübeln, aber ich habe jetzt keine Zeit für Erklärungen.

Ich steige in Wolfs Pick-up und wir fahren weg. »Ich wohne im Westen«, sage ich, »nur ein paar Häuserblocks von hier entfernt … auf der 45. Straße.«

Wolf nickt. Er kennt sich in der Stadt aus.

»Ich wusste gar nicht, dass du Physiker werden willst«, sage ich und werfe ihm einen Seitenblick zu.

»Ich weiß auch nicht, ob ich es will«, sagt Wolf.

»Aber dein Vater hat doch gesagt …«

»Das will er für mich.«

»Du musst sehr schlau sein«, sage ich.

Wolf lacht.

Ich spiele mit der Bommel an meiner Mütze, die ich auf dem Schoß halte. »Was meinst du damit, dass er das will?«

»Genau das meine ich. Er hat mein ganzes Leben genau geplant.«

Ich denke an Mr. Ortiz und daran, wie er entschieden hat, ich solle dem Schwimmteam beitreten, ohne vorher herauszufinden, ob ich überhaupt Interesse am Schwimmen habe. Ich denke an Janes Eltern und daran, wie ihr Vater will, dass sie aufs MIT gehen soll, und wie ihre Mutter wünscht, dass sie das Wellesley-College besuchen soll. Ich denke an Walter und die Art, wie er mich drängt, aufs College zu gehen, ohne zu fragen, was mir wichtig ist. Mit einem Kopfnicken stimme ich Wolf zu. Ich verstehe, was er meint. »Und was willst du?«, frage ich ihn.

»Das ist eine schwierige Frage, Tiger«, sagt er. »Und ich habe noch keine Antwort darauf gefunden.«

»Hier wohne ich«, sage ich, als wir vor dem Haus angekommen sind.

Wolf stellt den Motor ab und sieht mich an. »Ist dein Vater an Krebs gestorben? Hast du dich deswegen so mit meinem Vater angefreundet?«

»Nein«, sage ich. »Mein Vater …« Ich stocke, nahe daran, ihm die Wahrheit zu sagen. Doch dann überlege ich es mir anders und sage: »Mein Vater ist ganz plötzlich gestorben.«

»So oder so ist es schwer«, sagt er, »nicht wahr?«

»Ja.«

Er legt den Kopf auf die Arme, die das Lenkrad festhalten. Ich lehne mich hinüber und berühre seine Hand. »Sehen wir uns am Wochenende in der Schlucht?«

»Nein, zurzeit verbringe ich meine ganze Freizeit mit meinem Vater.«

Ich nicke. »Dann sehe ich dich nächste Woche im Krankenhaus.«

Er antwortet nicht, und noch während ich es ausspreche,

wird mir klar, dass nächste Woche schon alles vorbei sein kann. Dass Mr. Ortiz dann schon tot sein kann. Ich mache die Beifahrertür des Pick-ups auf.

Wolf richtet sich auf. »Tschüs, Tiger.«

Wieder nicke ich. Wenn ich jetzt etwas sage, dann werde ich losheulen, das weiß ich genau. Ich steige aus und renne ins Haus.

»Wer war denn das in dem Pick-up?«, fragt Jane am nächsten Tag.

»Ein Freund.«

»Das weiß ich. Aber wer?«

»Der Sohn von Mr. Ortiz.«

»Der ist ja süß.«

»Es gibt im Leben Dinge, die wichtiger sind, als süß zu sein!«, fauche ich sie an.

Jane errötet und hat Tränen in den Augen.

Ich gehe weg und komme mir ziemlich gemein vor.

Am Abend rufe ich sie an. »Es tut mir Leid.«

»Ich weiß gar nicht, was mit dir los ist, Davey«, sagt Jane.

»Nichts«, antworte ich. »Es ist einfach nur schwer zuzusehen, wie Mr. Ortiz stirbt … das ist alles.«

»Wir sollen uns doch nicht gefühlsmäßig mit den Patienten einlassen.«

»Das weiß ich … aber ich bin auch nur ein Mensch … ich kann es nicht ändern.«

Eine ganze Weile sagen wir beide nichts. Schließlich sagt Jane: »Hör zu, wir fahren am Samstag nach Santa Fe, um noch ein paar letzte Weihnachtseinkäufe zu machen. Willst du mitkommen?«

»Klar«, sage ich. »Ich komme gern mit.«

Am nächsten Abend sagt meine Mutter beim Essen: »Ich überlege mir ernsthaft, ob ich mir nach Weihnachten nicht einen Job suchen soll. Irgendeine Teilzeitstelle.«

»Als Springer«, schlägt Walter vor, während er seine gebackene Kartoffel buttert.

»Was ist ein Springer?«, frage ich.

»So nennen wir Teilzeitmitarbeiter im Labor«, erklärt Walter. »Ich glaube, ich kann dir helfen«, sagt er zu Mutter. »Vielleicht kann ich ein paar Beziehungen spielen lassen.«

»Das wäre wunderbar«, sagt Mom. »Ich brauche eine Routine. Ich brauche einen Ort, wo ich jeden Morgen hingehen kann. Einen Grund, morgens aufzustehen.«

»Ich stehe morgens auf, weil ich pinkeln muss«, erklärt Jason.

»Bitte nicht bei Tisch«, sagt Bitsy zu ihm.

»Nein, nicht bei Tisch«, sagt Jason. »Im Klo.«

Ich fange an zu lachen. Sobald ich damit anfange, kann ich nicht mehr aufhören. Ich lache und lache, bis ich Seitenstechen bekomme.

Fünfundzwanzig

In Santa Fe bin ich so aufgekratzt, dass ich gar nicht genug von den Menschen und dem Leben in den Straßen kriegen kann. Mir wird klar, dass eines der Dinge in Atlantic City, die ich vermisse, das Leutebeobachten ist. Früher bin ich immer zur Strandpromenade gegangen und habe ganz fasziniert die Leute beobachtet. In Los Alamos gibt es keine Leute, die man beobachten kann, außer den Hausfrauen im Supermarkt, und selbst die gleichen sich alle so, dass es langweilig wird. In Santa Fe vermischen sich die Touristen mit den Einwohnern – Latinos, Angelsachsen, amerikanische Ureinwohner, alle bunt gemischt.

Wir laufen auf der Plaza herum, bewundern die Schaufenster der Geschäfte und die festliche Dekoration. Dieser Teil von Santa Fe sieht aus wie ein Dorf, nicht wie eine Stadt. Er erinnert mich an *Weihnachten in fernen Ländern*, ein Buch, das wir in der vierten Klasse gelesen haben. Ich fühle mich wie in einem fernen Land. Ich sehe ein Fenster voller Pinatas für das Weihnachtsfest, Tongefäßen, die mit Süßigkeiten angefüllt und an die Zimmerdecke gehängt werden, um von den Familienmitgliedern in einem Blinde-Kuh-Spiel zerschlagen zu werden. Ich würde gern einen für die Familie kaufen, doch als ich den Laden betrete und mir die Preise ansehe, sind sie zu teuer.

Der Gouverneurspalast wurde 1609 erbaut, wie Jane mir berichtet. Gruppen von Indianern sitzen unter seinem Portal und bieten auf bunten Decken ihre Waren zum Verkauf an. Sie verkaufen zierliche Ohrringe und Halsketten aus Silber und Türkisen, Schnüre aus Heishi, massive silberne Armreifen und Ringe. Ich möchte etwas für meine Mutter kaufen. Ich gehe von Decke zu Decke, bewundere alles und entscheide mich schließlich für ein Paar Ohrringe. Sie kosten zehn Dollar, was ich mir eigentlich nicht leisten kann, aber ich leiste sie mir doch, weil sie so hübsch sind.

Nach einer Weile betreten wir die französische Konditorei, die sich neben dem Hotel La Fonda befindet. Wir bestellen Aprikosentörtchen und Kräutertee. Als wir aufgegessen haben, fragt Jane ihre Eltern, ob sie für den Rest des Nachmittags mit mir allein einkaufen gehen darf.

»Ja, aber seid vorsichtig«, sagt ihre Mutter. »Haltet euch von den Seitengassen fern und redet mit keinem Fremden.«

Draußen gehen die Albertsons in eine Richtung und Jane und ich in die andere. Als wir die Palace Avenue hinauflaufen, kommt eine Gruppe von Jungen auf uns zu. Jane klammert sich an meinen Arm.

»Was ist los?«, frage ich. Sie zittert.

»Es sind Latinos«, flüstert sie.

»Na und?«

»Schau sie nicht an. Schau weg. Sieh auf die andere Straßenseite.«

»Jane …«, sage ich und fange an zu lachen.

»Weißt du denn nicht, wie hoch die Vergewaltigungsrate in dieser Stadt ist?«, flüstert sie.

»Nein«, antworte ich.

»Sehr hoch.«

»Niemand wird dich am helllichten Tag mitten in der Stadt vergewaltigen.«

»Sei dir da nur nicht so sicher.«

Die Jungen laufen an uns vorbei.

»Siehst du«, sagt Jane. »Hab ich's dir nicht gesagt?«

»Was?«

»Hast du sie nicht gehört?«

»Hab ich was nicht gehört?«

»Wie sie diese komischen Geräusche gemacht haben.«

»Nein«, sage ich. »Ich habe gar nichts gehört. Ich glaube noch nicht mal, dass sie uns überhaupt bemerkt haben.«

»So sind sie alle«, sagt Jane trotzdem. »Sie sind alle darauf aus, weiße Mädchen zu vergewaltigen.«

»Jane, das ist das Verrückteste, was ich je gehört habe!«

Abrupt bleiben wir stehen und sehen uns an.

»Du bist halt neu hier«, sagt sie. »Du verstehst das nicht.«

Ich denke an Wolf und denke, ohne es auszusprechen: Nein, du bist diejenige, die es nicht versteht.

Im Villagra-Buchladen schauen wir uns um; dort finde ich eine Taschenbuchausgabe von *Spaß mit Computern*. Sofort kommt mir Walter in den Sinn. Er könnte ein bisschen Spaß gebrauchen, und da er ein Computerfan ist, kaufe ich es für ihn.

Für Jason erstehe ich in einem Geschäft am Ende der Straße einen kleinen Lederbeutel. Darin kann er Murmeln aufbewahren oder Steine, die er gefunden hat, oder Muscheln, wenn wir wieder zu Hause sind. Ich weiß, dass er ihm gefallen wird.

Bei »Krimskrams«, einem lustigen kleinen Geschäft, das mit Geschenken mit Katzenmotiven voll gestopft ist, erstehe ich einen Topfhalter mit Katzengesicht und ein paar Katzenspielsachen für Minka. Außerdem kaufe ich zwei Rollen Geschenkpapier mit Katzenmotiv, und während Jane nach Geschenken für ihre Familie sucht, kaufe ich ihr ein Katzenmobile, das sie in ihrem Zimmer aufhängen kann. Nun ist mein Einkauf beendet. Ich bin sehr zufrieden damit. Finanziell bin ich zwar fast am Ende, doch vielleicht kann ich über die Feiertage einen Job als Babysitter finden. Und dann sehe ich die Kerze. Sie ist rund, hat fünf Dochte und stellt den Sonnenuntergang von New Mexico dar. Ich glaube, sie hätte meinem Vater sehr gefallen. Er sammelte ungewöhnliche Kerzen und zündete sie dann bei besonderen Anlässen an.

»Möchtest du eine mitnehmen?«, fragt mich eine Verkäuferin. »Sie kosten nur $ 3,95.«

»Ja«, sage ich, »aber dann muss ich eine Rolle Geschenkpapier zurückgeben.«

»Gut«, sagt sie. »Ich schreibe dir $ 2,50 für das Geschenkpapier gut.« Ich mache das Portmonee auf und hole meine letzten zwei Dollar heraus. Die Verkäuferin verpackt die Kerze in Seidenpapier und ich stecke sie in die Tasche zu den anderen Geschenken.

Ich werde keinem erzählen, dass ich meinem Vater ein Geschenk gekauft habe. Wer würde das schon verstehen?

Jane und ich treffen uns mit ihren Eltern zu einem frühen Abendessen im Steakhaus, und als wir das Restaurant verlassen, brennen schon die Farolitos auf den flachen Dächern der Innenstadtgebäude. Es sind Kerzen, die in braunen Papiertüten auf Sand stehen, die traditionelle Weihnachtsdekoration New Mexicos. So von sanftem Kerzenschimmer erhellt, sieht die Plaza wunderschön aus.

Janes Eltern halten sich an den Händen. Heute Abend erinnern sie mich an meine eigenen glücklichen und liebevollen Eltern. Mir steigen Tränen in die Augen. Ich glaube, dies muss eine ganz besonders schwere Zeit für meine Mutter ein. Die Feiertage ohne Daddy zu verleben.

Als wir wieder am Auto angekommen sind, entdecken wir, dass jemand etwas mit einem dicken Filzstift auf die Motorhaube geschrieben hat. »Los Alamos stinkt!«

Die Albertsons sagen nichts. Aber sie tauschen einen Blick aus, der mir sagt, dass es nicht das erste Mal ist.

»Woher wussten die, dass wir aus Los Alamos sind?«, frage ich Jane.

»Wegen dem LASL-Aufkleber«, erklärt sie.

»Ach, richtig. Den habe ich vergessen.« Jeder Wagen, der die Erlaubnis hat, auf dem Parkplatz des Labors zu parken, hat zur Identifizierung einen Aufkleber auf der Windschutzscheibe.

Er macht mich wütend, dieser gegenseitige Hass. Ich verstehe ihn nicht. Ich frage mich, inwieweit er wohl aus Angst entsteht?

Die schöne Stimmung ist verdorben. Auf der Rückfahrt schlafe ich ein.

Sechsundzwanzig

Am Weihnachtsmorgen holt Bitsy einen Kandelaber hervor. »Er gehörte eurer Urgroßmutter«, erzählt sie Jason und mir. Obwohl das jüdische Chanukkafest in diesem Jahr früher stattfand, zünden wir alle acht Kerzen an und sprechen den Chanukkasegen. Dann gehen wir ins Wohnzimmer und packen unsere Geschenke unter dem Weihnachtsbaum aus. Ich finde es schön, beide Feste zu feiern. Wenn ich jemals Kinder habe, werde ich es mit ihnen auch so machen.

Wir verbringen eine sehr stille Weihnacht, eine traurige Weihnacht, auch wenn wir alle so tun, als ob wir glücklich wären, als ob wir uns über unsere Geschenke wirklich freuen würden. Doch im Grund denken wir alle das Gleiche. Es ist das erste Weihnachten ohne Daddy.

Bitsy und Walter haben ein paar Leute zum Weihnachtsmahl eingeladen. Zwei Männer aus dem Labor, beide geschieden und einsam, eine allein stehende Frau, die sie schon seit Jahren kennen, und eine junge Kindergärtnerin, die Bitsys Literaturgruppe angehört. Ich finde es nett, dass Bitsy und Walter diese Leute eingeladen haben, mit uns zu feiern, auch wenn die Kindergärtnerin zu viel Wein trinkt und albern wird, und es mir nicht gefällt, wie einer der geschiedenen Männer meine Mutter ansieht.

Spätabends, nachdem die Gäste gegangen sind, nachdem das Geschirr abgewaschen, abgetrocknet und weggeräumt ist, gehe ich in mein Zimmer und hole das Geschenk für meinen Vater aus der Truhe. »Daddy… das ist für dich.« Ich zünde alle fünf Dochte der Kerze an und sehe zu, wie der Sonnenuntergang New Mexicos langsam verschwindet. »Frohe Weihnachten, Daddy. Ich wünschte mir, du wärst hier.« Nach fünfzehn Minuten ist nichts mehr davon übrig. Nichts außer einem Wachshäufchen.

Am nächsten Tag schneit es. Ich sitze vor dem Panoramafenster im Wohnzimmer und sehe zu, wie die Flocken herabrieseln. Mein Atem lässt die Scheibe milchig aussehen.

Siebenundzwanzig

Mr. Ortiz liegt im Koma. Wahrscheinlich wird er nicht mehr aufwachen. Wolf sitzt an seinem Bett, auf seinem Schoß liegt ein offenes Buch. Aber er liest nicht. Er blättert nie eine Seite um. Ich frage, ob ich ihm irgendwas holen kann.

»Eine Cola wäre gut«, sagt er.

Ich bringe ihm eine aus dem Automaten.

Die Schwestern auf dem Gang versichern mir, dass Mr. Ortiz keine Schmerzen hat. Dass es bald vorbei sein wird.

Am Abend fährt Wolf mich heim. »Ich werde dich vermissen, Tiger«, sagt er.

»Was meinst du damit?«, frage ich. »Wohin gehst du?«

»Weg.«

»Jetzt?«

»Nein, aber bald. Wenn …«

»Werde ich dich wieder sehen?«

»Ja.«

»Wann?«

Er denkt einen Augenblick nach. Dann sagt er: »Cuando los lagartijos corren.«

»Was bedeutet das?«

»Schau's nach«, sagt er und dabei lächelt er. Es ist das erste Mal seit langer Zeit, dass ich ihn lächeln sehe.

»Ich werde dich auch vermissen«, sage ich zu ihm.

Er nimmt mich in die Arme und wieder sagen wir nichts. Er hält mich fest und streicht mir übers Haar. Ich lege die Wange an seinen kratzigen Wollpullover.

»Wer war das?«, fragt Bitsy, als ich ins Haus gehe.

»Wer war was?«

»In dem Pick-up … da draußen … gerade …«

»Ach, das war ein Freund von mir«, sage ich und kann es kaum erwarten, in mein Zimmer zu gehen. Ich möchte das, was Wolf gerade zu mir gesagt hat, aufschreiben, bevor ich es vergesse.

»Was für ein Freund?«

»Du kennst ihn nicht.«

»Vielleicht doch.«

»Er heißt Martin Ortiz«, sage ich und bewege mich auf die Treppe zu.

»Ortiz?«, wiederholt Bitsy, die mir gefolgt ist.

»Ja.«

»Geht er auf die Highschool.«

»Nicht mehr.«

»Hat er die Schule abgebrochen?«

»Das habe ich nicht gesagt.«

»Warum erzählst du mir nicht einfach etwas über ihn, Davey … anstatt ein Ratespiel daraus zu machen.«

»Du machst doch ein Ratespiel daraus, nicht ich«, sage ich.

Bitsy holt tief Atem. »Ist er ein Latino?«

»Ich glaube schon.«

»Du glaubst?«

»Ich hab ihn nie danach gefragt.«

»Wo ist er her, aus Espanola?«

»Nein, er ist von hier. Er ist aus Los Alamos.«

»Wirklich?«

»Ja. Er arbeitet im Labor.«

»Was macht er da … Wartungsdienst?«

Fast lache ich und sage *Ja, er sammelt den Abfall ein*, nur um ihre Reaktion zu sehen. Aber ich tue es nicht. Ich bin sehr höflich. Ich sage: »Sein Vater ist Patient im Krankenhaus. Er geht auf die Technische Hochschule in Kalifornien, aber er hat sich das Semester frei genommen.«

»Nun gut«, sagt Bitsy mit erleichterter Stimme. »Warum hast du das denn nicht gleich gesagt?«

Ich halte die Hände hoch, als ob ich »keine Ahnung« sagen wollte, und renne dann die Treppe hinauf in mein Zimmer. Dort hole ich den Notizblock hervor und schreibe *Quando los lagartihose koren*. Ich weiß, dass ich es nicht richtig buchstabiert habe, aber auf diese Weise werde ich es wenigstens nicht vergessen. Morgen gehe ich in die Spanischabteilung an der Schule und frage einen der Lehrer, was es bedeutet.

»Cuando los lagartijos corren«, sagt Mr. Valdez und schreibt den Satz auf meinen Notizblock.

»Oh«, sage ich, verlegen über meine Fehler. »Was bedeutet das?«

»Es bedeutet: *Wenn die Eidechsen rennen*. Kannst du damit etwas anfangen?«, fragt er.

Ich lächle. »Ja«, sage ich. »Ja, damit kann ich etwas anfangen.« Ich versuche es selbst auszusprechen. »Cuando los lagartijos corren.«

»Du hast ein gutes Ohr dafür«, sagt Mr. Valdez. »Du solltest Spanisch belegen.«

»Das werde ich tun … nächstes Jahr«, sage ich.

Cuando los lagartijos corren … wenn die Eidechsen rennen, wiederhole ich im Stillen während der ganzen nächsten Stunde, Geometrie. Im Frühling werde ich Wolf wieder sehen, unten in der Schlucht. Ich sage es mir immer wieder, bis der Lehrer mich aufruft, ein Trapez an die Tafel zu zeichnen, und ich keine Ahnung habe, wovon sie redet.

Meine Mutter hat eine Stelle als Springer im Labor gefunden. Sie springt von Team zu Team, je nachdem, wer gerade ihre Hilfe benötigt, wie eine Aushilfslehrerin. Sie tippt und macht die Ablage und geht ans Telefon. Und es gefällt ihr. Sie sagt, es gibt ihr das Gefühl, wieder nützlich zu sein. Das Gefühl, wieder einen Sinn im Leben zu haben. Ich werde mich nicht mit ihr herumstreiten, doch ich kann Tippen im Labor weder als nützlich ansehen noch als etwas, das mit Lebenssinn viel zu tun hätte. Mir scheint, es wäre sinnvoller, wenn sie Jason und mir eine echte Mutter wäre.

Am Samstagmorgen beim Frühstück entschließe ich mich, das Thema Fahrunterricht aufs Tapet zu bringen. Seit Reuben ihn im Auto erwähnt hat, an jenem Abend, an dem Jane betrunken war, denke ich darüber nach. Die Mitteilung ist erst vor kurzem ans schwarze Brett vor dem Schulsekretariat gehängt worden. Man muss sich noch vor dem ersten Februar zum Frühjahrskurs anmelden. Ich überreiche meiner Mutter und auch Bitsy und Walter Informationsblätter und bitte sie, sie bei Gelegenheit durchzulesen. Dann gehe ich nach oben, um mein Zimmer sauber zu machen. Ich möchte so wahnsinnig gern Auto fahren. Wenn ich fahren könnte, würde ich nach Santa Fe fahren. Ich könnte die Leute beobachten und einen Stadtbummel machen und vor allem aus dieser Stadt hier herauskommen. Diese Stadt leidet unter chronischer Öde.

Eine Stunde später falte ich zusammen mit meiner Mutter die Wäsche, während Jason und Bitsy einen Rührkuchen backen. Walter sitzt am Tisch inmitten von einem Papierchaos, das vor ihm ausgebreitet ist. Er arbeitet an seinem Minicomputer.

»Wenn ich mich jetzt anmelde, dann hab ich gute Chancen, im Frühling in den Fahrunterricht zu kommen.« Ich sage es ganz ruhig. Wenn ich die Emotionen aus meiner Stimme heraushalte, habe ich bessere Karten bei Walter und ich weiß, dass er derjenige ist, den ich überzeugen muss.

»Fünfzehn ist viel zu jung für den Fahrunterricht«, sagt Walter, ohne überhaupt von seinem Computer aufzusehen.

»Im April werde ich sechzehn.«

»Es gibt gar keinen Grund zur Eile, Davey«, sagt Bitsy. Sie schlägt mehrere Eier auf und trennt das Eiweiß vom Eigelb.

»Alle anderen in meinem Alter melden sich an«, sage ich, während ich ein Handtuch zweimal zusammenfalte. »Janes Eltern haben ihr die Erlaubnis gegeben.« Ich bin ruhig und sachlich, als ob es mich gar nicht wirklich interessiert.

»Wenn du im letzten Schuljahr bist … das reicht auch noch«, wirft Walter über die Schulter.

»Aber bis dahin sind es noch zwei Jahre. Wie soll ich denn in der Zwischenzeit überall hinkommen?«

»Du kannst laufen«, sagt Walter. »Oder Fahrrad fahren. Bisher ist es auch gegangen. Da wird es auch noch ein wenig länger gehen.«

Ich wende mich an Mom und sage: »Mom, bitte. Ich möchte wirklich Fahrunterricht nehmen. Es ist mir sehr wichtig. Alles, was du zu tun brauchst, ist, die kleine grüne Karte zu unterschreiben.«

Mom sieht mich an und zum ersten Mal seit Monaten sehen wir uns direkt in die Augen. Dann, gerade als sie den Mund aufmacht, sagt Walter: »Die Statistiken zeigen, dass Unfälle, insbesondere Autounfälle, die häufigste Todesursache bei jungen Leuten sind.«

»Warum die Gefahr herausfordern?«, sagt Bitsy. Sie füllt den Teig in die Kuchenform und Jason zieht für sie die Backofentür auf.

»Mom … sag was … bitte!«

»Walter und Bitsy wissen es am besten«, sagt Mom.

»Seit wann denn … seit wann, kannst du mir das sagen?« Jetzt explodiere ich. Jetzt ist mir alles egal, ob Logik, Emotionen oder was auch sonst. »Kannst du denn nicht mehr selbstständig denken? Musst du ihnen bei allem die Entscheidung überlassen?« Ich drehe mich um. Jason trinkt ein Glas Milch und hört aufmerksam zu. Ich drehe mich wieder zu meiner Mutter um und zeige anklagend mit dem Finger auf sie. »Du wirst schon genauso wie die beiden … weißt du das … genau wie sie!«

»Das reicht!«, brüllt Walter und schlägt mit der Hand auf den Tisch.

»Nein, es reicht noch nicht!«, brülle ich zurück. »Ich hab es satt, mir anzuhören, wie gefährlich alles ist.«

»Auto fahren ist wirklich gefährlich«, sagt Mom.

»Ach, bitte … erspar mir das, ja?«, schreie ich Mom an. »Gefährlich … gefährlich … gefährlich … halte dich von der Schlucht fern, Davey … du könntest ja von einem herabfallenden Felsbrocken erschlagen werden. Vergiss nur nicht deinen Fahrradhelm, Davey … du könntest von einem Auto angefahren werden. Nein, du darfst nicht Ski fahren lernen, Davey … du könntest den Rest deines Lebens vor dich hin vegetieren!« Jetzt schreie ich wirklich.

»Davey, Liebling …«, fängt Mom an und greift nach mir. Doch ich reiße mich von ihr los.

»Manche Leute leben schon so lange hier oben, dass sie vergessen haben, wie die wirkliche Welt aussieht«, schreie ich, »und jetzt kriegen sie eine Sch…«

»Du bist jetzt besser still, und zwar sofort«, sagt Walter, bevor ich fertig bin. Er sagt es langsam und betont jedes Wort.

»Du hast gut reden«, sage ich zu ihm. »Du bist doch derjenige, der die Bomben baut. Du bist doch derjenige, der austüftelt, wie man die ganze Welt in die Luft jagen kann. Aber mich lässt du keinen Fahrunterricht nehmen. Man kann auch umkommen, wenn man über die Straße geht. Man kann auch umkommen, wenn man sich nur um seinen eigenen Laden kümmert. Hast du daran je gedacht?« Ich trete gegen die Wand und stürme aus dem Zimmer. Jetzt weine ich heftig und mein Hals tut mir weh.

»Mit dem Mädchen haben wir noch einiges durchzumachen«, höre ich Walter murmeln.

Dann sagt Mom: »Es ist nicht leicht, fünfzehn zu sein.«

Achtundzwanzig

Walters Kammermusikverein gibt ein Konzert in unserem Haus. Bitsy sagt mir, ich solle einen Rock anziehen.

»Wozu?«, frage ich.

»Es ist ein festliches Konzert«, antwortet sie. »Es ist ein formaler Anlass.«

»Es ist nicht mein Konzert«, sage ich zu ihr. »Für mich ist es kein formaler Anlass.«

Bitsy klopft mit dem Fuß auf den Boden und ihre Augen funkeln mich an.

»Na gut«, sage ich. »Wenn es dir so wichtig ist, ziehe ich halt einen Rock an.«

Ich renne wütend nach oben. Einerseits wütend auf Bitsy, andererseits wütend auf mich selbst. Ich will gar nicht unhöflich sein, aber manchmal kann ich einfach nicht anders. Bitsy und Walter sagen, dass ich mich seit dem Vorfall mit dem Fahrunterricht irgendwie verändert habe. Sie sagen, dass ich, solange ich unter ihrem Dach wohne, mich nach ihren Vorschriften zu richten habe. Das mag ja stimmen. Aber das heißt nicht, dass ich sie auch mögen oder akzeptieren muss. Ich ziehe mir den Rock an, den Mom mir zu Weihnachten geschenkt hat. Er ist aus blauem Jeansstoff und besteht aus mehreren glockenförmigen Lagen und eigentlich gefällt er mir. Es macht mir nichts aus, mich umzuziehen. Ich hätte es vielleicht sogar von mir aus getan. Die Tatsache, dass Bitsy es mir befohlen hat, hat mich bockig gemacht. Ich trage den Rock mit Stiefeln und einem weiten weißen Pullover. Ich muss ein Dutzend Katzenhaare davon entfernen. Minka hat wohl mal wieder in der Schublade mit den Pullovern geschlafen. Immer wenn ich vergesse, die Schubladen der Kommode zu schließen, hüpft sie gleich rein und macht es sich dort bequem.

Als es an der Haustür läutet, bin ich die Einzige im Wohnzimmer. Ich öffne die Tür. Es ist Ned Grodzinski, einer der Männer, die bei unserem Weihnachtsessen zu Gast waren. Heute Abend springt er für die Frau ein, die sonst Geige spielt.

»Hallo, Darby«, sagt Ned und stottert beim Buchstaben D.

»Ich heiße Davey«, sage ich zu ihm. Ned sieht aus wie der Bescheuerte auf dem National-Lampoon-Poster. In der Brusttasche seines Hemds stecken sechs Kugelschreiber, unter seiner Hochwasserhose leuchten die weißen Socken und sein Haar ist kurz geschnitten und voller Pomade. Er ist auch derjenige, der meine Mutter an Weihnachten ständig angestarrt hat. Ich bin nicht gerade überglücklich, ihn wieder zu sehen.

Glücklicherweise muss ich keine Zeit allein mit ihm verbringen. Alle paar Minuten klingelt es und bald ist das Haus voller Gäste. Jason und ich sitzen vor dem Kamin auf dem Boden. Die anderen sitzen auf Sofas und auf einer Gruppe von Stühlen aus dem Esszimmer, die Bitsy in Reihen aufgestellt hat. Die Musiker stimmen ihre Instrumente und dann beginnt das Konzert.

Walter spielt Bratsche, eine Frau mit einem langen grauen Zopf spielt Geige, ein Mann mit Glatze und Vollbart spielt Cello und Ned spielt zweite Geige.

Jason gähnt ständig. Jedes Mal, wenn ich ihn gähnen sehe, gähne ich auch, obwohl es erst acht Uhr ist und keiner von uns schon müde sein dürfte. Doch Kammermusik hat irgendwas Einschläferndes. Vielleicht wird sie deshalb Kammermusik genannt.

Als das Konzert endlich vorbei ist, klatschen alle Beifall und Bitsy serviert Kaffee und Kuchen. Jason und ich stopfen uns voll.

Bitsy schenkt dem Bescheuerten eine Tasse Kaffee ein und sagt: »Ned, du erinnerst dich doch noch an unsere Schwägerin Gwen Wexler, oder?«

»Wie könnte ich sie vergessen?«, sagt Ned und diesmal stottert er kein bisschen.

Mom schüttelt ihm die Hand und sagt: »Das Konzert war herrlich.«

»Die Gruppe, bei der ich normalerweise mitmache, spielt jeden Freitag«, erzählt er Mom.

Bitsy lächelt süßlich, während sie sich entschuldigt und sich ihren anderen Gästen zuwendet.

Ich bleibe in Moms Nähe.

»Möchten Sie uns einmal hören?«, fragt Ned sie.

»Wann denn?«, sagt Mom.

»Diesen Freitag … den Freitag darauf … übernächste Woche …«

»Na ja«, sagt Mom und lacht, aber es ist nicht ihr normales Lachen. Es ist ein ganz hohes, nervöses Lachen.

»Ich bin geschieden«, sagt Ned.

»Ja, ich weiß«, sagt Mom. »Ich bin verwitwet.«

Ich kann es einfach nicht glauben.

»Walter hat es mir erzählt«, sagt Ned und nickt mit ernstem Gesicht.

Jason flüstert mir etwas zu, aber ich schüttle ihn ab. Ich koche vor Wut. Weshalb sagt Mom dem Bescheuerten nicht einfach, dass er abhauen soll? Was soll dieses Getue, dieses *Ich bin verwitwet*?

»Nun«, sagt Ned, »ich habe gehört, Sie arbeiten jetzt im Labor.«

»Na ja, nur als Springer«, sagt Mom. »In welchem Team sind Sie?«

Langsam klingt sie schon genau wie die anderen.

»Ich bin in der Abteilung G. G wie Gesundheit.«

G wie Glotzauge, denke ich. G wie grausig. G wie Gorilla.

Jetzt stehen Mom und der Bescheuerte schweigend da und sehen sich nur an. Ich kann nicht verstehen, warum sie ihre Zeit damit verschwendet, mit ihm zu reden.

»Treffen wir uns morgen zum Lunch?«, fragt Ned schließlich.

»Morgen?«, wiederholt Mom.

Sie benimmt sich so behämmert, dass ich ihr am liebsten eine scheuern würde.

»Ja, morgen«, sagt er. »Und wenn Sie Nein sagen, werde ich Sie nicht mehr belästigen. Ich weiß sowieso nicht, wie man so was macht. Ich komme mir schon jetzt ziemlich dämlich vor.«

Gut, denke ich. Jetzt brauchst du nur noch Nein zu sagen, Mom, und das ist das Ende der Geschichte.

Doch stattdessen sagt Mom: »Ja, treffen wir uns morgen zum Lunch.«

»Sehr gut!« Ned ist so glücklich, dass er gar nicht mehr aufhören kann zu grinsen. »Wissen Sie schon, wo Sie morgen arbeiten werden?«

»In der Abteilung P.«

»Ich hole Sie um zwölf Uhr draußen ab. Ich fahre einen weißen Datsun, aber er ist so dreckig, dass er grau aussieht.«

Mom lacht. »Ich bin sicher, wir werden uns wieder erkennen.«

»Also … dann sehe ich Sie morgen.«

»Gut.«

Später, als alle nach Hause gegangen sind, gehe ich rauf in Moms Zimmer. Sie schaut in den Spiegel und hält sich einen roten Pullover ans Gesicht. »Was meinst du?«, fragt sie mich.

»Ich kann nicht verstehen, warum du zugesagt hast, mit ihm Mittag zu essen«, sage ich zu ihr. »Er ist doch so bescheuert!«

»Ach, jetzt komm, Liebling … er ist ein netter Mann. Er ist schüchtern, das ist alles.«

»Ich kann nicht glauben, dass du zu einem Date gehst.«

»Es ist kein Date«, sagt Mom und legt den roten Pullover weg. »Wir essen zusammen Lunch, das ist alles.«

»Ich nenne das ein Date«, sage ich.

»Ich nicht«, antwortet Mom.

Neunundzwanzig

Als ich am Dienstagnachmittag im Krankenhaus eintreffe, hebe ich eine Rose aus einem der Blumensträuße auf, die ich einer Patientin aufs Zimmer gebracht habe, und trage sie den Gang entlang in Mr. Ortiz' Zimmer. Doch als ich dort ankomme, ist der Raum leer. Das Bett ist abgezogen. Ich renne den Gang hinunter bis zum Aufenthaltsraum der Schwestern. »Mr. Ortiz?«, frage ich.

Die Krankenschwester schüttelt den Kopf. »Letzte Nacht«, sagt sie.

»Nein!«

»Es tut mir so Leid, Davey. Wir haben ihn alle gemocht.«

Ich kämpfe mit den Tränen und umklammere den Rosenstiel so fest, dass ich von einem Dorn gestochen werde. Ich schreie auf, halb vor Schmerzen in meinem Finger und halb vor Schmerzen darüber, dass ich Mr. Ortiz verloren habe.

»Sein Sohn hat mich gebeten, dir das hier zu geben«, sagt die Krankenschwester und öffnet eine Schublade. Sie zieht den Tanzbären und einen Umschlag heraus und händigt mir beides aus. Ich reiße den Umschlag auf.

Tiger,

er wollte, dass du den Bären bekommst. Erinnere dich

seiner, so wie er war – voller Leben – voller Liebe. Ich sehe dich cuando los lagartijos corren.
Wolf

Ich stecke den Zettel wieder in den Umschlag und presse den Tanzbären an mein Gesicht. Ich kann nicht aufhören zu weinen. Diesmal weine ich heftiger als damals, als mein Vater starb. Damals war ich nur wie betäubt. Jetzt fühle ich alles.

Ich gehe die Treppe hinunter in das Büro der Leiterin der freiwilligen Helfer und erkläre ihr, dass ich nach Hause gehen muss. Ich sage ihr, dass ich Kopfschmerzen habe, was der Wahrheit entspricht. Mein Kopf fühlt sich an, als ob er gleich zerspringt. Die Leiterin sagt mir, ich solle nach Hause gehen und zwei Aspirintabletten nehmen. Sie glaubt, dass ich eine Grippe bekomme.

Ich renne den ganzen Weg nach Hause und schwitze in meiner Jacke.

Als ich dort ankomme, steht Jason in der Küche und trägt eine Schürze.

»Was machst du da?«, rufe ich aus.

»Was denkst du denn, was ich mache?«

»Und warum trägst du eine Schürze wie ein Mädchen?«

»Damit ich mich nicht schmutzig mache«, sagt er.

»Wo ist Mom?«

»Sie ist noch nicht zurück.«

»Wo ist Bitsy?«

»Sie ist zum Safeway gegangen. Ned kommt zum Abendessen.«

»Dieser Bescheuerte!«

»Er ist nett«, sagt Jason und schneidet weiter Lebkuchenmännchen aus.

»Herrgott, Jason … schau dich doch an!«, schreie ich. »Willst du so den Rest deines Lebens verbringen?«

»Was meinst du denn?«

»So wie jetzt … Plätzchen backen? Ich halte es nicht aus, was mit dir passiert! Ich halte es nicht aus, was mit uns allen passiert!«

»Wovon redest du? Ich backe gern Plätzchen.«

»Das meine ich doch gar nicht!« Ich gehe hinauf, werfe mich auf mein Bett und ziehe den Tanzbären auf. Ich hänge mich über den Bettrand und sehe ihm zu, wie er auf dem Fußboden im Kreis tanzt. Warum musste ich es an Jason auslassen?, frage ich mich. Er ist doch noch ein kleines Kind. Was weiß er denn schon? Und außerdem – was ist aus meinem Traum von Jason Wexler, dem Plätzchenspezialisten, geworden? Sobald ich daran denke, fange ich schon wieder an zu weinen.

»Ich will heim«, sage ich laut. »Ich will heim nach Atlantic City.«

Später entschließe ich mich, einen Brief zu schreiben.

Lieber Wolf,

das mit deinem Vater tut mir sehr Leid. Wie du weißt, mochte ich ihn sehr. Danke, dass du den Tanzbären nicht vergessen hast. Ich werde ihn auf meinen Nachttisch stellen. Er wird mich an deinen Vater und an dich erinnern, nicht dass ich daran erinnert werden müsste, aber du weißt schon, was ich meine.

Ich habe dir erzählt, dass mein Vater ganz plötzlich gestorben ist. Das stimmt zwar, aber es ist nicht so, wie du denkst. Sie haben ihn im vergangenen Sommer bei einem

Raubüberfall in die Brust geschossen. Ich konnte dir bisher nicht die ganze Wahrheit sagen. Ich konnte sie niemandem sagen. Hier ist der Unterschied, Wolf – dein Vater war auf den Tod vorbereitet. Meiner nicht. Du warst auf das Sterben deines Vaters vorbereitet. Ich nicht. Hinterher bekam ich Angst. Eine solche Angst! Vor allem und jedem. Angst, in die Schule zu gehen, Angst, nachts einzuschlafen. Ich hatte Angst vor dir, an dem ersten Tag in der Schlucht. Ich hatte vor, dir mit einem Stein den Kopf einzuschlagen, falls du eine falsche Bewegung machst. Du hattest Glück, dass du keine gemacht hast.

Ich will nicht ängstlich durchs Leben gehen. Aber ich will auch nicht wie mein Vater enden. Manchmal denke ich ans Sterben und es macht mir Angst, weil es so endgültig ist. Ich meine, wenn es vorbei ist, ist es vorbei. Es sei denn, es gibt noch ein Danach. Etwas, das wir nicht kennen. Mir gefällt die Vorstellung von einem Leben danach, aber irgendwie kann ich nicht ganz daran glauben. Glaubst du daran?

Das hier habe ich in einer Zeitschrift gefunden:

Jeder von uns muss seinen eigenen Ängsten begegnen, ihnen ins Auge sehen. Wie wir mit unseren Ängsten umgehen, entscheidet, wie wir den Rest unseres Lebens gestalten. Ob wir Abenteuer erleben werden oder ob wir uns durch die Angst vor dem Abenteuer in unserem Leben einschränken lassen.

Darüber denke ich oft nach, vor allem hier in dieser Stadt, in der so viele Leute Angst zu haben scheinen. Ist es das Bombenbauen, das ihnen Angst macht, oder ist es die Abgeschnittenheit vom Rest der Welt? Hast du es herausgefunden? Wenn du es herausgefunden hast, sage es mir bitte.

Ich muss jetzt Schluss machen. Ich werde mich an deinen Vater so erinnern, wie du mir gesagt hast, voller Leben und voller Liebe. Ich sehe dich *cuando los lagartijos corren …*

In Liebe
Tiger

Am nächsten Tag nehme ich den Brief mit in die Schule und schlage die Adresse der Technischen Hochschule in Kalifornien im Büro des Fachberaters nach. In der Mittagszeit schicke ich ihn ab.

Dreißig

Mein Brief an Wolf kommt am gleichen Tag zurück, an dem ich mein Zeugnis für das erste Halbjahr bekomme. Der Umschlag trägt den Stempel *Unbekannt verzogen.* Wo ist er?, frage ich mich. Was macht er? Ich lege den Brief in die Truhe zu den Briefen, die ich von Lenaya erhalten habe; sie schreibt mir am Ersten eines jeden Monats. Im Frühling werde ich Wolf meinen Brief persönlich geben. Im Frühling, wenn ich ihn wieder sehe.

Ich zeige meiner Mutter, die sich für ein Abendessen mit dem Bescheuerten zurechtmacht, mein Zeugnis. Sie sagt: »Sehr schön, Davey … vor allem, da du ja über einen Monat Schule versäumt hast. Ich bin sicher, du hast dein Bestes getan.«

»Wie kommt es, dass du schon wieder ein Date mit ihm hast?«, frage ich.

»Es ist kein Date«, sagt Mom. »Wir gehen nur zum Dinner, das ist alles.«

»Klar doch«, sage ich.

Mom wendet sich vom Spiegel ab, vor dem sie sich das Haar gebürstet hat. »Ich brauche einfach die Gesellschaft eines Erwachsenen.«

»Ich dachte, die hast du schon den ganzen Tag im Labor.«

»Nein, das ist was anderes«, erklärt sie.

»Also, viel Spaß noch«, sage ich, aber ich meine es nicht ehrlich und Mom weiß es. Dann gehe ich nach unten, um Minka zu füttern. Später fragt Walter nach meinen Noten, und als ich sie ihm zeige, flippt er aus.

»So schlecht sind sie auch wieder nicht«, sage ich. Ich habe eine Drei in Amerikanische Kulturen, eine Drei in Geometrie, eine Zwei minus in Französisch, eine Zwei in Englisch und eine Eins in Schreibmaschine. »Mom fand sie gut, vor allem da ich ja die ersten sechs Wochen Schule versäumt habe.«

»Mit ein bisschen Anstrengung hättest du lauter Einser und Zweier haben können«, sagt Walter. »Du strengst dich nur nicht an. Du versuchst nicht, das zu leisten, was du leisten könntest.«

»Woher willst du das wissen?«, frage ich. »In der Schule büffel ich viel und abends in meinem Zimmer auch.« Das entspricht nicht ganz der Wahrheit. Ich büffle nie in der Schule, außer für Geometrie. Ich mache meine Geometrieaufgaben zusammen mit Reuben, weil er in Mathe sehr gut ist. Früher war ich das auch, aber ich nehme an, das lange Fehlen hat mir tatsächlich geschadet. Und abends mache ich nur das absolut Nötigste. »Außerdem«, sage ich, »was macht es schon? Es kommt darauf an, was man lernt, nicht, was für Noten man dafür kriegt.«

»Wer hat das gesagt?«, fragt Walter.

»Mein Vater.«

»Das hätte ich mir denken können.«

»Was soll das denn heißen?«

»Willst du etwa so enden wie er?«, sagt Walter mit lauter Stimme. »Ohne eine Ausbildung … in einem 7-Eleven-Getränkeladen arbeiten … das Leben verschwenden …«

»Wie kannst du es wagen, zu sagen, mein Vater hätte sein Leben verschwendet! Du hast doch keine Ahnung.« Mein Magen krampft sich zusammen. Mir stehen Tränen in den Augen. »Und ich werde Mom erzählen, was du über meinen Vater gesagt hast. Er war ein besserer Mensch als du. In jeder Hinsicht.«

»Na schön!«, bullert Walter. »Erzähl es deiner Mutter. Oder vielleicht werde ich dir die Mühe ersparen und es ihr selber sagen. Denn wenn dein Vater ein besserer Mensch gewesen wäre, dann wäre sie heute nicht in der Lage, in der sie ist.«

»Das ist nicht wahr!«, rufe ich.

»Deine Mutter ist ein weiteres Beispiel für ein verschwendetes Leben.«

»Was?«, sage ich. »Was hast du gerade über meine Mutter gesagt?«

»Schwanger auf der Highschool und mit vierunddreißig bettelarm.«

»Halt den Mund … halt bloß den Mund …« Ich gehe auf ihn los, werfe ihm alle möglichen Schimpfnamen an den Kopf und trommle mit den Fäusten gegen seine Brust.

Er hält mich am Handgelenk fest und ohrfeigt mich. Brutal. Direkt ins Gesicht.

»Ich hasse dich«, schreie ich. »Ich hab dich schon immer gehasst.«

Ich drehe mich um und renne aus dem Zimmer und dabei sehe ich, dass Bitsy und Jason die ganze Zeit über in der Küche standen und alles mit angehört haben.

Oben schlüpfe ich ins Bett, und nachdem ich mich wieder einigermaßen beruhigt habe, schreibe ich einen zweiten Brief an Wolf. Auch wenn ich seine Adresse nicht habe und ihn nicht abschicken kann, muss ich doch jemandem davon berichten, was hier los ist. Ich muss jemandem sagen, wie mein Leben auseinander fällt. Jemandem, der es versteht.

Eine Stunde später klopft Walter an meine Zimmertür. »Davey, kann ich einen Moment reinkommen?«

»Ich habe dir nichts zu sagen«, antworte ich.

»Aber ich habe dir etwas zu sagen.«

»Wie du willst.«

Er öffnet die Tür. »Es tut mir Leid«, sagt er. »Ich wollte ganz sicher nicht deine Eltern schlecht machen.«

Ich wende den Blick nicht von dem Tanzbären, den ich auf dem Schoß halte.

»Ich wollte nur, dass du erkennst, wie wichtig eine gute Ausbildung ist.«

Ich sehe ihn immer noch nicht an, aber ich sage: »Vielleicht will ich eine professionelle Sängerin werden.«

»Davon hatte ich keine Ahnung«, sagt er. »Ich habe dich nie singen gehört. Kannst du denn gut singen?«

Ich antworte nicht.

Er senkt die Stimme. »Es tut mir Leid, dass ich dich geschlagen habe. Das war nicht richtig und auch nicht geplant. Ich mag keine Gewalt.«

Sehr witzig, denke ich. All die Bomben und Raketen, aber er mag keine Gewalt.

»Kannst du mir vergeben?«, fragt er.

Ohne etwas zu sagen, stelle ich den Tanzbären auf den Nachttisch, mache das Licht aus, drehe mich zur Seite und schließe die Augen.

Nach einer Minute geht Walter. Ich höre, wie er den Flur entlangläuft.

Einunddreißig

Jane hat mir versprochen, zusammen mit mir für *Oklahoma!* vorzusingen. Wir wollen uns nach der Schule vor der Aula treffen. Ich bin zuerst da und sehe zu, wie ganze Gruppen von Schülern hineinmarschieren. So viele Leute wollen eine Rolle. Habe ich überhaupt eine Chance? Ich fange an, unruhig zu werden, und als Jane nach zehn Minuten noch immer nicht aufgetaucht ist, spiele ich mit dem Gedanken, mich zu verdrücken und nach Hause zu gehen.

Doch dann kommt Jane schwankend den Gang heruntergelaufen. »Hallo …«, sagt sie mit glänzenden Augen. »Hier bin ich. Zu jedem Abenteuer bereit.«

Ich kann den Alkohol in ihrem Atem riechen. »Hast du was getrunken?«, frage ich. Natürlich hat sie das. Die Frage hätte ich mir sparen können.

»Nur ein ganz klitzekleines bisschen«, sagt Jane kichernd.

Es ist nicht das erste Mal, dass Jane sich in der Schule betrunken hat. Aber ich habe es einfach nicht für möglich gehalten, dass sie es an einem Tag wie heute tun würde. »Betrunken kannst du nicht vorsingen«, sage ich zu ihr.

»Dann kann ich halt nicht vorsingen … denn nüchtern geh ich nicht da rauf. Das ist doch klar.«

Ich sehe sie einen Augenblick an, schüttle den Kopf und

sage dann: »Komm … gehen wir rein.« Wir betreten die Aula und finden zwei Sitzplätze nebeneinander.

Mr. Vanderhoot leitet das Musical zusammen mit Ms. Dersh, der Leiterin der Musikabteilung. Sie kündigt an, dass sie drei Namen, die mit den ersten Buchstaben des Alphabets beginnen, und drei Namen, die mit den letzten Buchstaben des Alphabets beginnen, aufrufen wird, so lange bis alle, die sich eingetragen haben, drangekommen sind.

Zuerst kommen Abel und Ackerman, bevor Ms. Dersh »Jane Albertson« aufruft.

»Hier«, ruft Jane.

»Sag ihnen, du hättest es dir anders überlegt«, flüstere ich und halte sie am Ärmel fest.

»Nein«, sagt sie und schüttelt meine Hand ab. Sie läuft an den Sitzen vorbei durch den Saal bis zur Treppe, die auf die Bühne führt. Ich warte darauf, dass sie stolpert und auf die Nase fällt, aber sie schafft es. Als sie auf der Bühne steht, sagt sie ihr Lied *»Oh, What a Beautiful Morning«* an, und Ms. Dersh spielt ein paar einführende Takte. Jane fängt zu singen an. *»Oh, what a beautiful morning… Oh, what a beautiful day…«*

Sie singt schrecklich. Sie singt nicht nur falsch; auch ihr Tempo stimmt nicht. Ich schäme mich so für sie, dass ich mich am liebsten unter dem Sitz verkriechen würde. Ich frage mich, was Mr. Vanderhoot wohl jetzt über seine Lieblingsschülerin denkt?

»Danke, Jane«, sagt Ms. Dersh nach dem ersten Refrain.

Jane setzt sich nicht wieder hin. Stattdessen läuft sie an mir vorbei und flüstert: »Ich muss spucken.«

Ich bin hin und her gerissen zwischen der Wahl, mit ihr

mitzugehen und ihr zu helfen oder zu bleiben und vorzusingen. Ich entscheide mich zu bleiben. Ich ärgere mich zu sehr über Jane, um Mitleid mit ihr zu haben. Sie hat sich die Suppe schließlich selbst eingebrockt, jetzt muss sie sie auch allein auslöffeln, denke ich, und gleichzeitig hasse ich mich, weil ich genau das denke, was Bitsy sagen würde.

Als Nächstes tritt Zeigler auf, dann Wright, dann Wexler.

Meine Handflächen sind feucht. Ich wische sie an meinem Rock ab. Ich wünsche mir diese Rolle so sehr. Ich betrete die Bühne und sage mein Lied an. Ich höre zu, während Ms. Dersh die Einleitung spielt, dann fange ich an zu singen. *»I'm just a girl who cain't say no … I'm in a turrible fix … I always say come on let's go … just when I orta say nix …«* Ich tue so, als ob ich unter der Dusche wäre, singe laut und deutlich. Ich gebe mich der Rolle hin und lächle, es macht mir richtig Spaß, mich auf der Bühne zu bewegen und die Rolle der Ado Annie zu spielen. Ich weiß, dass ich es gut mache. Ich spüre es. Ich setze meine ganze Energie ein. Als ich fertig bin, ist es still im Saal. Dann sagt Ms. Dersh: »Danke, Davey«, in genau dem gleichen Ton, in dem sie *Danke, Jane* gesagt hat.

Abends ruft Jane an. »Hab ich mich heute lächerlich gemacht?«

»Ja.«

»Was hat Ms. Dersh gesagt?«

»Sie sagte *Danke, Jane.*«

»Echt … ist das alles?«

»Ja.«

»Und was war mit Mr. Vanderhoot … was hat er gesagt?«

»Nichts.«

»O Gott … es ist mir so peinlich.«

»Kein Wunder!«

»Ich dachte, du bist meine Freundin«, sagt Jane.

»Bin ich auch. Deswegen sag ich es dir ja.«

Zwei Tage später wird die Rollenverteilung verkündet. Jane und ich gehen zusammen zum schwarzen Brett, das vor dem Musiktrakt hängt. Sie entdeckt meinen Namen, bevor ich ihn sehe. »Oh, Davey … du hast sie gekriegt!«

Ich kann es gar nicht glauben. Ich starre auf meinen Namen. Es ist wahr. Ich habe die Rolle bekommen. »Gratuliere!«, höre ich immer wieder. Ich kenne die Schüler, die mir gratulieren, überhaupt nicht.

Jane hat es noch nicht einmal in den Chor geschafft. Das überrascht uns beide nicht. Als ich von der Schule nach Hause komme, sind Jason und Bitsy in der Küche und verzieren Plätzchen. »Ich hab die Rolle. Ich habe es geschafft! Ich bin Ado Annie.«

»Davey … das ist ja wunderbar«, sagt Bitsy.

Ich hebe Jason hoch und tanze mit ihm durch den Raum; dabei singe ich »I Cain't Say No«.

»Hilfe … lass mich runter …«, schreit Jason.

Ich lasse Jason herunter und greife nach einer Karotte.

»Du hast einen Brief bekommen«, sagt Jason.

»Wo?«

»Auf dem Tisch.«

Es ist ein langer weißer Umschlag. Ich hoffe, er ist von Wolf, aber er ist nicht von ihm. Es ist eine Grußkarte. Außen ist ein Bild von Snoopy, der einsam und verlassen schaut. Innen steht: *Ich vermisse dich, meine Valentine. In Liebe, Hugh.*

Ich habe ganz vergessen, dass heute Valentinstag ist. Eigentlich hätte ich es wissen müssen – die Plätzchen, die Jason gerade verziert, sind herzförmig.

Ich stecke die Valentinskarte in mein Schulheft. Es ist das erste Mal seit September, dass ich von Hugh gehört habe. Damals schrieb er mir einen kurzen Brief.

»Ist Mom schon zu Hause?«, frage ich Bitsy.

»Sie ist oben und duscht. Ned kommt zum Abendessen.«

»Schon wieder?«, sage ich, aber ich warte ihren Kommentar nicht ab. Ich renne nach oben und klopfe an Moms Tür. »Ich hab die Rolle bekommen!«

Mom öffnet die Tür. Sie trägt ihren alten Bademantel und rubbelt sich die Haare mit einem Handtuch trocken.

»Was für eine Rolle?«, fragt sie.

Ich kann es nicht fassen. »In *Oklahoma!*«

»Ach, Liebling … das ist ja wunderbar!«

»Du weißt doch, wie sehr ich sie wollte, oder?«

»Ja, natürlich. Ich dachte einen Moment lang, du redest von etwas anderem.«

Sie zieht den Bademantel aus, wirft ihn aufs Bett und fängt an, sich anzuziehen.

»Warum ziehst du die an?«, frage ich, als sie sich ihre schönste Bluse überstreift. Sie ist aus taubenblauer Seide und Mom trägt sie nur zu besonderen Anlässen. Sie trug sie letztes Jahr, als sie und Daddy ihren Hochzeitstag feierten.

»Ich habe einfach Lust, sie zu tragen«, sagt Mom. »Außerdem bekommen wir heute Abend Besuch.«

»Wen außer Ned?«

»Niemand sonst.«

»Für mich ist er kein Besuch. Er hängt doch ständig hier rum. Wahrscheinlich wird Bitsy ihn auch bald adoptieren.«

»Wovon redest du eigentlich?«

»Du weißt schon, was ich meine. Er wird Teil ihrer Sammlung.«

»Was für eine Sammlung?«

»Wir. Jason, du, ich … und jetzt auch noch Ned.«

»Sei nicht albern, Davey.«

»Ich bin nicht albern, Mom.«

Vor dem Abendessen gibt Jason mir eine Valentinskarte und ich schäme mich, weil ich keine für ihn habe. »Mach sie auf«, sagt er.

Ich öffne den Umschlag und ziehe eine Karte heraus, die aus rotem Papier und einem zarten runden Spitzengebilde aus weißem Papier besteht.

Rosen sind rot
Blau sind die Veilchen
Du bist mein Bruder
Und ich bin dein Brüderchen.

»Ich bin doch deine Schwester, du Dummkopf!«, sage ich lachend.

»Das weiß ich«, sagt Jason, »aber meine Lehrerin weiß es nicht. Sie denkt, du bist ein Junge. Du hast einen Jungennamen.«

Ich umarme ihn. »Du bist schon was ganz Besonderes … weißt du das?«

»Pass bloß auf«, sagt er, »sonst beißt dich Graf Dracula noch in den Hals.«

»Ach wirklich? Na, da sollte Graf Dracula lieber aufpassen, sonst beiß ich zurück.«

Beim Abendessen erzählt Mom dem Bescheuerten, dass ich eine Rolle in *Oklahoma!* bekommen habe. Er sagt, das sei ja toll und er habe früher auch mal bei einer Aufführung seiner Highschool im Chor mitgesungen. Als er lächelt, sehe ich, dass ihm ein Stück Salat zwischen den Zähnen hängen geblieben ist.

Nach dem Essen gehen Bitsy und Walter zu ihrem wöchentlichen Bridgetreffen und Jason und der Bescheuerte bleiben am Esstisch sitzen und basteln an einem Modellflugzeug herum. Um neun sagt Mom zu Jason, er müsse jetzt ins Bett gehen.

»Nur noch ein paar Minuten«, bettelt Jason.

»Eigentlich hättest du schon vor einer halben Stunde im Bett liegen sollen«, sagt Mom.

»Also gut«, sagt Jason. »Aber ich will, dass Ned mich hochträgt …«

Ned packt Jason mit beiden Armen und wirft ihn über die Schulter, dass er mit dem Kopf nach unten hängt. Jason kreischt vor Vergnügen. Ich sehe vom Fußboden aus zu; meine Schulbücher sind vor mir ausgebreitet. Ich kann es kaum aushalten zu sehen, wie Jason sich so mit dem Bescheuerten anfreunden kann.

»Gutnacht, Mom … Gutnacht, Davey … Gutnacht, Minka …«, ruft Jason.

»Gute Nacht … schlaf gut«, antwortet Mom.

Ich versuche mich auf die Hausarbeit zu konzentrieren, die ich für Amerikanische Kulturen anfertigen muss, aber ich spüre, wie Mom mich anschaut. Heute Abend herrscht eine starke Spannung zwischen uns.

»Er hat selbst zwei Kinder«, sagt Mom leise. »Er vermisst sie sehr.«

»Ach, der Ärmste«, sage ich.

»Musst du so grob zu ihm sein, Davey?«

»Wer ist denn grob?«

Ned kommt pfeifend die Treppe herunter und macht es sich neben Mom auf dem Sofa bequem.

»Möchtest du einen Brandy?«, fragt Mom ihn.

»Ja, gern.«

Mom geht in die Küche.

Der Bescheuerte lächelt mich an.

»Sie haben ein Stück Salat zwischen den Zähnen hängen«, informiere ich ihn.

Er wird rot. Ich habe ihn in Verlegenheit gebracht und das freut mich. Er kratzt sich den Salatrest von den Zähnen, schaut ihn prüfend an und legt ihn im gläsernen Aschenbecher ab.

Mom kommt mit dem Brandy und zwei Gläsern zurück. Sie schenkt ihm und sich selbst einen Schluck ein und sie stoßen mit den Gläsern an.

Ich tue so, als wäre ich in meine Hausaufgabe vertieft, aber in Wirklichkeit denke ich, dass ich ihnen am liebsten den Brandy über den Kopf schütten und ihnen sagen würde, wie doof und eklig sie sind.

Mom sagt: »Warum arbeitest du nicht an deinem Schreibtisch, Davey?«

»Willst mich wohl loswerden, Mutter?«, frage ich.

»Nein, ich finde nur, dass dein Schreibtisch der richtige Platz für Hausaufgaben ist. Hier ist das Licht nicht gut.«

»Seit wann machst du dir über meine Augen Sorgen …

oder über sonst irgendwas?« Aber ich sammle doch meine Bücher ein, stehe auf und gehe aus dem Zimmer.

Am nächsten Morgen kommt Mom in mein Zimmer, während ich mich für die Schule fertig mache. »Möchtest du vielleicht mal ein oder zwei Sitzungen bei Miriam haben?«

»Miriam?«, frage ich. »Deine Psychotante?«

»Ja. Sie möchte dich kennen lernen.«

»Seit wann?«

»Sie wollte dich schon immer mal kennen lernen. Und man kann gut mit ihr reden«, sagt Mom.

»Ich werde es mir überlegen«, sage ich.

Vielleicht gehe ich wirklich mal zu Miriam. Es gibt vieles, was ich ihr ganz gern über meine Mutter sagen würde.

Zweiunddreißig

Freitag betrinkt Jane sich wieder in der Schule und diesmal macht sie auf dem Flur eine Szene. Sie wirft ihre Bücher gegen eine Wand voller Schließfächer, schreit und lacht, und dann schmeißt sie ihre Handtasche in die Luft. Der ganze Inhalt fliegt heraus und fällt zu Boden. Ihr Spiegel zerbricht in tausend Stücke und eine Flasche Jean-Naté-Parfüm zerbricht, sodass der Flur wie eine Parfümfabrik riecht. Ich wische alles auf und bringe Jane dann schnell nach draußen, bevor sie sich übergeben muss.

»Du hast ein Alkoholproblem«, stelle ich fest.

»Ich kann aufhören, wann immer ich will«, sagt sie.

»Das glaubst du doch selber nicht!«

Montag gehe ich zu Miriam. Mom hat für mich einen Termin ausgemacht, und obwohl ich in letzter Minute absagen möchte, tue ich es nicht. In der Mittagspause laufe ich, an einem Sandwich kauend, hinüber zu ihrem Büro.

Miriam ist an die vierzig. Sie ist so groß wie ich und etwas mollig, aber attraktiv. Ihre Bluse ist gerade so weit aufgeknöpft, dass man sehen kann, dass sie keinen BH trägt, und wenn sie durch das Zimmer geht, wackeln ihre Brüste. Beim Hinsetzen zieht sie sich den Rock übers Knie. Sie trägt eine gemusterte Strumpfhose und Cowboystiefel.

Manchmal fährt sie sich mit den Fingern durch das kurze braune Haar und lächelt dabei. Sie scheint ganz und gar nicht nach Los Alamos zu passen. Das erstaunt mich.

»Also«, sagt sie, »wie gefällt es dir hier, Davey?«

»Es gefällt mir nicht.«

»Warum nicht?«

»Es ist so langweilig.«

»Ja, das kann schon sein. Aber das muss nicht sein.«

»Vielleicht nicht«, sage ich. Ich fühle mich total unbehaglich und bin mir sicher, dass Miriam jedes einzelne Wort analysiert.

»Ein wunderschöner Tag heute, nicht wahr?«, fragt Miriam.

Wir reden über das Wetter?, denke ich. Was für eine Zeitverschwendung. Doch ich antworte: »Ja, es ist schön heute.«

»Und wie geht's zu Hause, Davey?«

»Ich bin sicher, meine Mutter hat Ihnen schon alles erzählt. Wir kommen miteinander nicht so gut aus.«

»Sie hat erwähnt, dass es gewisse Spannungen gegeben hat.«

»Das ist milde ausgedrückt.«

»Was glaubst du, welche Gründe es dafür geben könnte?«

»Sie ist der Grund. Sie wird den anderen immer ähnlicher.«

»Wem wird sie ähnlich?«

»Walter und Bitsy. Meiner Tante und meinem Onkel.«

»Inwiefern?«

»Na ja, sie denkt nicht mehr selbstständig. Sie macht alles, was die ihr vorsagen. Sie lässt sie alle Entscheidungen treffen. Sie lässt sie sogar ihre Freunde für sie aussuchen.« Ich schaue mich im Büro um, überzeugt davon, dass Miriam das Gespräch aufzeichnet, um es meiner Mutter vorzuspielen.

»Du weißt doch, dass alles, was hier in diesem Zimmer gesagt wird, unter uns bleibt ... dass es nicht weitergegeben wird.«

Ich frage mich, wieso sie meine Gedanken erraten kann. »Sie werden meiner Mutter also nichts von dem erzählen, was ich hier sage?«

»Nein. Ich bin hier, um euch beiden zu helfen, nicht um der einen Dinge über die andere zu erzählen.«

»Ach so.« Ich sitze still da, falte und entfalte die Hände.

»Was stört dich am meisten an der Tatsache, dass deine Mutter immer mehr wie Walter und Bitsy wird?«

»Sie haben vor allem Angst.«

»Wovor zum Beispiel?«

»Sie lassen mich nicht Ski fahren lernen, sie lassen mich nicht Fahrunterricht nehmen ... Santa Fe ist gefährlich, die Schlucht ist gefährlich, Atmen ist auch schon gefährlich!«

»Du hast das Gefühl, dass sie überängstlich sind?«

»Ja, ganz sicher.«

»War deine Mutter vorher weniger ängstlich ... hat sie dich neue Dinge ausprobieren lassen?«

»Immer.«

»Glaubst du, dass ihre jetzige Abneigung, dich neue Dinge ausprobieren zu lassen, von den Umständen herrührt, unter denen dein Vater umgekommen ist?«

»Ich weiß es nicht«, sage ich und sehe aus dem Fenster. »Vielleicht.«

»Hast du vor irgendwas Angst, Davey?«

Ich zucke die Achseln und antworte nicht.

Mitten in unserer Sitzung sagt Miriam: »Was ist mit Ned … wie findest du ihn?«

»Ned?«, frage ich, als ob ich den Namen noch nie gehört hätte.

»Ned … der Bekannte deiner Mutter«, sagt Miriam.

»Ach so … Sie meinen den Bescheuerten.«

Miriam lacht und fährt sich mit der Hand durchs Haar. »Nennst du ihn so?«

»Nicht ins Gesicht.«

»Ich verstehe.«

»Ich finde ihn eklig«, sage ich, »und es ist mir egal, wenn Sie es meiner Mutter weitersagen, weil es wahr ist.«

Miriam nickt.

»Mein Vater war ein sehr gut aussehender Mann und er war klug, auch wenn er nie auf dem College war. Und außerdem war er witzig. Hier hat niemand Humor. Wenn nicht Jason da wäre, würde keiner in unserem Haus jemals lachen. Aber mein Vater hat uns immer so zum Lachen gebracht, dass wir fast vom Stuhl gefallen sind.«

»Du vermisst ihn.«

»Ja, ich vermisse ihn.« Ich fühle, wie sich mir die Kehle zuschnürt, und drehe den Kopf weg.

»Du bist wütend, nicht wahr?«, sagt Miriam.

»Manchmal schon«, sage ich.

»Es ist okay, wütend zu sein«, sagt Miriam. »Solange du es zugibst und versuchst, es zu verstehen.«

Als die Stunde vorbei ist, erzähle ich Miriam von Jane und ihrem Trinken. Miriam gibt mir ein paar Broschüren mit und schlägt vor, ich solle Jane zur Suchtklinik bringen. »Es kostet nichts«, sagt sie. Dann fragt sie, ob ich wieder kommen will.

»Vielleicht«, sage ich. Ich bin immer noch nicht sicher, ob ich ihr vertrauen kann. Daher gehe ich nach Hause und schreibe wieder einen Brief an Wolf. Mittlerweile liegen sechs Briefe an ihn in meiner Truhe. Ich frage mich, wie lange es noch dauern wird, bis die Eidechsen wieder rennen.

Dreiunddreißig

Die erste Orchesterprobe für *Oklahoma!* findet am Nachmittag meines sechzehnten Geburtstags statt, und als ich von der Schule nach Hause komme, entdecke ich, dass Bitsy mein Lieblingsessen zubereitet hat – Hühnermarengo, Spinatnudeln und Kressesalat. Sie hat Jane eingeladen. Ich bin überrascht und erfreut. Der Bescheuerte ist auch da. Er schenkt mir ein T-Shirt mit dem Aufdruck *Eine Frau ohne Mann ist wie ein Fisch ohne Fahrrad.* Er erzählt uns, dass er es bestellt hat, nachdem er es in einer Anzeige in der Zeitschrift MS entdeckt hat. Ich verstehe den Witz nicht, aber alle anderen finden es witzig, daher lache ich mit und danke dem Bescheuerten. Bitsy und Walter schenken mir eine Digitalarmbanduhr. So was Teures habe ich gar nicht erwartet und es rührt mich richtig. Ich küsse Bitsy auf die Wange. Und dann muss ich auch Walter danken. Seit dem Abend, an dem er meine Eltern beleidigt und mich geschlagen hat, habe ich kein Wort mehr mit ihm geredet. Jetzt sehe ich ihn an. »Vielen herzlichen Dank.« Ich sage es sehr förmlich.

»Bitte schön«, antwortet er im gleichen Ton. »Viel Spaß damit.« Er sieht mich nicht an. Ich habe das Gefühl, dass ihm der Abend genauso zu schaffen macht wie mir.

Mom schenkt mir einen sehr schönen Armreif aus Silber

und Türkisen. Er ist mein erstes indianisches Schmuckstück. Ich ziehe ihn über mein rechtes Handgelenk, da ich am linken Handgelenk schon meine neue Uhr trage. Jason hat ein Bild für mich gemalt und noch ein Gedicht geschrieben. Dieses lautet:

Rosen sind rot
Blau sind die Veilchen
Du bist meine Freundin
Und ich bin dein Freundchen.

»Ist das besser?«, fragt er.

»Ja … viel besser«, sage ich und umarme ihn.

»He … lass mich los«, sagt er. »Du zerquetschst mir ja meine Hämorriden.«

»Was für Hämorriden?«

»Ha, ha«, lacht er. »Hab ich dich angeführt, stimmt's?«

Obwohl es ein schöner Abend ist, werde ich den Gedanken nicht los, dass mein Vater und ich für meinen sechzehnten Geburtstag einen Wochenendtrip nach New York geplant hatten. Er wollte mich zu einem Stück am Broadway einladen. Wir haben ständig darüber geredet. Ich frage mich, ob Mom sich auch daran erinnert.

Nachdem die Essteller abgeräumt worden sind, macht Bitsy die Lampen aus und trägt eine Geburtstagstorte, die aus sieben Lagen besteht, aus der Küche herein. Die Torte ist mit sechzehn rosa Rosen verziert. Sie und Jason müssen die ganze Woche daran gearbeitet haben. Alle singen »Happy Birthday«. Ich wünsche mir was und blase die Kerzen aus.

Am nächsten Tag kommt nachmittags ein Sturm auf, der den Himmel braun färbt und Sand durch die Luft wirbelt, dass mir die Augen brennen. Trotzdem fahre ich zur Schlucht in der Hoffnung, dass Wolf da ist und auf mich wartet. Aber er ist nirgendwo in Sicht. Und ich sehe auch keine einzige Eidechse.

Vierunddreißig

Ich hoffe, meine Mutter wird den Bescheuerten nicht zur Premiere von *Oklahoma!* mitbringen. Ich will ihre Gefühle nicht verletzen, aber ich kann den Gedanken einfach nicht ertragen, ihn unter den Zuschauern, neben meiner Familie sitzen zu sehen. Zweimal bin ich nahe dran, sie zu bitten, ihn nicht mitzubringen, doch in letzter Minute überlege ich es mir anders. Ich fasse den Entschluss, dass es das Beste ist, keine große Affäre daraus zu machen, und am Abend der Premiere bin ich froh, dass ich nichts gesagt habe, denn jetzt bin ich so aufgeregt über die Aufführung, dass es mir egal ist, ob er kommt oder nicht.

Das Stück fängt gut an, und als ich mit meinem großen Auftritt dran bin, sind die Zuschauer schon so gut gelaunt und ich ernte so viel Beifall, dass ich eine Zugabe mache. Am Ende des Stücks ernten wir alle stürmischen Beifall.

Reuben ist der Erste, der mir hinter der Bühne gratuliert. »Du warst toll!«, sagt er. »Ich dachte immer, du wärst schüchtern, aber da muss ich mich wohl geirrt haben.«

Ich sage ihm nicht, dass man schüchtern sein und trotzdem gut spielen kann.

»Du warst wirklich toll«, sagt er noch einmal und hört gar nicht mehr auf, mir die Hand zu schütteln. »Das meine ich im Ernst.«

Ich lächle und danke ihm und er gibt mir einen raschen Kuss auf eine Stelle neben meinem Ohr. Während er mich küsst, sehe ich ihm über die Schulter und entdecke Mom. Sie hält eine gelbe Rose in der Hand und blickt sich suchend nach mir um. »Mom …«, rufe ich. »Hier bin ich …«

Sie überreicht mir die Rose. »Du warst einfach hinreißend, Davey!« Sie küsst mich auf die Wange und umarmt mich fest. »Ich bin ja so stolz auf dich.« Sie ist den Tränen nahe.

»Jetzt komm schon, Mom …«, sage ich. »Alle sehen her.«

»Oh.« Sie lacht, zieht ein Taschentuch heraus und schnäuzt hinein.

Freitagabend und Samstagabend führen wir das Stück wieder auf und dann bekommt der Junge, der die männliche Hauptrolle Curly spielt, eine Kehlkopfentzündung. Trotzdem konnten wir einen großartigen Erfolg verbuchen und mein Bild erscheint in der Wochenzeitung *The Monitor.*

In der letzten Aprilwoche gibt es einen Kälteeinbruch und ein Frühlingsschneesturm in der ersten Maiwoche beschert uns dreißig Zentimeter Schnee. Aber der ist innerhalb eines Tages wieder geschmolzen und jetzt wird das Wetter mild. Alle in der Schule werden vom Frühlingsfieber gepackt und wir schwänzen alle den Unterricht und machen eine Wanderung durch die Jemezberge. Überall blühen die Wildblumen und der Himmel ist tiefblau.

Jane hat die Informationsbroschüren von Miriam mit keinem Wort erwähnt. Natürlich habe ich ihr nicht gesagt, dass sie von Miriam stammen. Ich habe nur gesagt, dass sie bei uns herumgelegen hätten – dass eine von Bitsys Gruppen über die Probleme der Teenager diskutiert hätte. Als ich sie Jane gab, sagte sie gar nichts. Sie steckte sie nur in ihr Notizbuch.

Während wir nun durch den Wald laufen, frage ich: »Hast du dir in der Zwischenzeit mal das Zeug ansehen können, das ich dir gegeben habe?«

»Was für Zeug?«

»Die Broschüren … über das Trinken.«

»Warum sollte ich meine Zeit damit verschwenden, sie zu lesen?«

»Weil du ein Alkoholproblem hast.«

»Ich hab's dir schon mal gesagt. Ich kann jederzeit damit aufhören. Ich brauche nicht zu trinken. Ich trinke nur, weil es mir Spaß macht.«

»Warum hörst du nicht mit dem Lügen auf?«, frage ich. »Wird es nicht langsam Zeit, dass du der Wirklichkeit ins Auge siehst? Wird es nicht langsam Zeit, dass du dir gegenüber ehrlich bist?«

»Ausgerechnet du redest über Ehrlichkeit!«, sagt Jane.

»Was meinst du damit?«

»Du hast mir erzählt, dein Vater sei an einem Herzinfarkt gestorben. Nennst du das vielleicht ehrlich?« Empört läuft sie weg.

»Jane, warte …«, rufe ich und beeile mich, sie einzuholen. Dann gehen wir, ohne zu sprechen, eine Weile nebeneinanderher. Schließlich sage ich: »Wie hast du das herausgefunden?«

»Deine Tante hat es meiner Mutter erzählt. Ich weiß es schon seit Monaten.«

»Warum hast du denn nichts gesagt?«

»Ich dachte mir, du hättest deine Gründe dafür.«

»Ich konnte die Wahrheit nicht ertragen«, sage ich zu ihr.

Sie hält inne, sieht mich an und sagt: »Es gibt auch Sachen, die ich nicht ertragen kann. Hast du dir darüber jemals Gedanken gemacht?«

»Nein«, sage ich. »Dein Leben scheint doch so einfach zu sein …«

»Ist es aber nicht«, sagt sie.

Fünfunddreißig

Als ich zu Hause ankomme, rufe ich Miriams Büro an und vereinbare einen Termin für den nächsten Tag.

Miriam begrüßt mich so herzlich, als wäre ich eine längst verschollen geglaubte Freundin. Ich sitze im selben Stuhl wie beim letzten Mal.

»Ich habe den Bericht über dich im *Monitor* gelesen«, sagt sie. »Ich wollte das Stück sehen, aber an dem Wochenende war ich verreist.«

»Es lief gut«, sage ich.

»Das freut mich.« Sie lächelt mich an. »Letztes Mal haben wir über deine Familie gesprochen …«, fängt sie an.

Aber ich falle ihr ins Wort. »Ich habe über meinen Vater gelogen«, sage ich. »Ich habe Jane erzählt, er sei an einem Herzinfarkt gestorben.«

Miriam richtet sich auf und beugt sich dann vor. »Warum, glaubst du, hast du das getan?«

»Ich weiß, warum. Weil es leichter war, eine Geschichte zu erfinden, als die Wahrheit zu sagen.«

»Ja …«

»Aber danach habe ich an einen Freund geschrieben und ihm gesagt, dass mein Vater erschossen wurde.«

»Nachdem du ihm das erzählt hast – hast du dich da besser gefühlt?«

»Ein wenig … aber ich habe ihm nicht alles erzählt.«

»Möchtest du es mir erzählen?«

»Manchmal glaube ich schon … dass es mir helfen würde, wenn ich es jemandem erzählen könnte … aber manchmal habe ich Angst … Ich habe Angst, wieder alles nach oben zu holen.«

»Vielleicht musst du alles noch einmal nach oben holen, um es hinter dir lassen zu können.«

Ich merke, wie ich mich verkrampfe, und rutsche auf meinem Stuhl herum, ohne eine bequeme Stellung zu finden.

»An dem Abend, als dein Vater getötet wurde, war deine Mutter mit Jason ausgegangen …«, sagt Miriam als Stichwort.

»Ja.«

»Wo warst du?«

»Ich war hinten im Garten mit Hugh, meinem Freund. Wir knutschten gerade, als wir die Schüsse hörten. Ich dachte, es wären Feuerwerkskörper.«

»Und dann …«

»Dann rannten wir in den Laden. Ich kann mich noch daran erinnern, wie meine Schreie sich anhörten, als ich meinen Vater auf dem Boden liegen sah. Er lebte noch. Er sagte: ›Hilf mir … hilf mir, Davey.‹ Und ich sagte: ›Ich helf dir … ich helf dir, Daddy.‹ Ich hielt ihn in den Armen, während Hugh um Hilfe telefonierte.« Meine Stimme wird immer leiser. Vielleicht hätte ich doch nicht hierher zurückkommen sollen.

»Kannst du noch weitersprechen, Davey?«, fragt Miriam sanft. »Wir hören auf, sobald es zu schwierig wird.«

Ich habe das Gefühl, als ob mein richtiges Ich irgendwo

ganz weit weg ist. Noch nicht mal in diesem Raum. Als ich fortfahre, ist meine Stimme kaum noch ein Flüstern. »Ich weiß nicht, wie lange es gedauert hat, bis die Polizei und der Krankenwagen eintrafen. Ich hörte die Sirenen schon, als sie noch weit weg waren. Und dann warf das Blaulicht ein Muster auf die Wände und die Decke des Ladens. Zu dem Zeitpunkt war mein Vater schon bewusstlos. Ich wollte ihn nicht loslassen. Sie ließen mich im Krankenwagen mit ihm ins Krankenhaus fahren. Aber als wir dort ankamen, war Daddy schon tot.«

Es ist sehr still im Raum. Das Einzige, was von Zeit zu Zeit zu hören ist, ist ein Auto, das draußen vorbeifährt.

Schließlich sagt Miriam: »So hat sich das also abgespielt.«

Und ich sage: »Ja.«

Dann schaut sie eine ganze Weile weg und ich bin froh darüber.

Als sie mich wieder ansieht, sagt sie: »Es muss furchtbar schwer für dich gewesen sein, deinen Vater um Hilfe bitten zu hören, Davey. Aber es gab nichts, was du hättest tun können. Es stand nicht in deiner Macht.«

»Ich wollte ihm helfen. Ich hätte alles dafür gegeben, ihm helfen zu können.« Ich bedecke mein Gesicht mit den Händen und fange an zu schluchzen.

»Natürlich wolltest du das«, sagt Miriam. Sie reicht mir eine Schachtel Papiertücher. »Ich weiß, wie weh das tut.«

Nach der Stunde begleitet Miriam mich zur Tür. Sie legt mir die Hand auf die Schulter und drückt mich leicht. »Jetzt hast du angefangen, dich damit auseinander zu setzen, Davey, und das ist wichtig.«

Ich gehe hinaus. Mein Kopf ist am Zerspringen. Gerade

als Miriam die Tür zumachen will, sage ich: »Ich habe Ihnen immer noch nicht alles erzählt. Ich habe Ihnen noch nicht von dem Blut erzählt …« Dann drehe ich mich um und renne weg.

Ich renne den ganzen Weg nach Hause und gehe sofort nach oben auf mein Zimmer. Ich öffne die Schranktür, blicke in die Ecke des obersten Regals und mache die Tür schnell wieder zu. Ich kann's nicht. Ich kann's nicht tun. Ich setze mich auf den Bettrand. Mein Herz schlägt schneller und schneller und ich gerate ins Schwitzen. Ich muss, sage ich mir. Ich muss es tun. Ich stehe auf und gehe zurück zum Schrank, reiße die Tür auf und diesmal, bevor ich Zeit habe, darüber nachzudenken, greife ich nach oben und hole die braune Papiertüte vom Regal. Hastig nehme ich das Brotmesser aus der Truhe, stecke es in die Tüte und renne die Treppe hinunter.

Ich fahre, so schnell ich kann, auf Bitsys Fahrrad zur Schlucht.

Das Hinunterklettern bereitet mir Schwierigkeiten. Ich stolpere und rutsche mehrmals aus. Als ich endlich den Grund erreicht habe, gehe ich direkt zur Höhle, zu der Höhle, die Wolf mir gezeigt hat. Ich mache die braune Papiertüte auf und ziehe die Kleidungsstücke heraus. Meine Jeans und mein Bikinitop. Die Kleidungsstücke, die ich an dem Abend getragen habe. Sie sind blutüberströmt, das Blut ist eingetrocknet und sie riechen abscheulich, aber das ist mir egal. Es ist das Blut meines Vaters, denke ich. Das Blut meines Vaters. Einen Augenblick lang presse ich sie an mich und erinnere mich.

An jenem Abend war überall Blut. Überall. Es war auf die Brotlaibe gespritzt, die unter der Kasse aufgestapelt waren. Es tropfte von der Kohlezeichnung auf der Staffelei meines Vaters. Es bildete eine Pfütze auf dem Boden, neben dem Körper meines Vaters. Es hatte seine Kleidung durchtränkt. Und als ich ihn in den Armen hielt, durchtränkte es auch meine.

Ich falte die Jeans und das Top zusammen und lege sie in die Höhle und das Messer verberge ich dazwischen. Darüber baue ich eine Pyramide aus Steinen, bis nichts mehr zu sehen ist. Nichts als Steine.

Leb wohl, Daddy, ich liebe dich. Ich werde dich immer lieben. Das hier bedeutet nicht, dass ich nicht mehr an dich denken werde. Es bedeutet auch nicht, dass ich nie mehr an jenen Abend zurückdenken werde. Denn jener Abend ist geschehen. Und es gibt nichts, was ich tun könnte, um ihn ungeschehen zu machen. Aber von jetzt an werde ich mich an die guten Zeiten erinnern. Von jetzt an werde ich mich an dich voller Leben und voller Liebe erinnern.

Eine ganze Weile sitze ich vor der Höhle und lasse mich von der Sonne wärmen. Dann stehe ich auf und gehe weg. Beim Weggehen sehe ich eine Eidechse, die hinter einen Stein rennt.

Sechsunddreißig

Zwei Tage später erhalte ich ein Päckchen. Es steht kein Absender darauf. Ich versuche den Poststempel zu entziffern. Ich glaube, er ist aus Big Sur, Kalifornien. Schnell mache ich das Päckchen auf. Drinnen ist eine weiße Schachtel und in der Schachtel ist ein flacher geschliffener Stein, so groß wie ein Vierteldollar. Seine Farbe verändert sich bei Lichteinfall von Braun zu Goldfarben. Er ist wunderschön. Als ich den Stein aus der Schachtel nehme, finde ich darunter einen Zettel. *Ein Tigerauge für meine Tigeraugen. Wolf.*

Wo bist du nur?, frage ich still. Los lagartijos corren. Wann kommst du zurück?

Doch während ich mir diese Fragen stelle, weiß ich, dass es allein darauf ankommt, dass er an mich denkt, und er wird wohl wissen, dass ich auch an ihn denke. Ich halte mir das Tigerauge an die Lippen.

Als Mom nach Hause kommt, sagt sie: »Ich habe für heute Abend einen Tisch bei Philomena's reserviert.«

»Für uns alle?«, frage ich.

»Nein … nur für uns beide.«

»Dich und mich?«, frage ich.

»Ja.«

»Ohne Ned?«

»Ja.«

»Soll ich mich umziehen … soll ich einen Rock anziehen?«

»Wenn du willst«, sagt Mom.

»Ich glaube, ich will«, sage ich.

Ich dusche, wasche mir die Haare und ziehe zu meinem Glockenrock eine duftige Bluse an. Den Stein trage ich in der Rocktasche.

Wir borgen uns Bitsys Volvo und fahren runter zu Philomena's, dem einzigen anständigen Restaurant in der Stadt. Es ist in der Nähe des Flughafens von Los Alamos. Wir parken auf dem Parkplatz, und während wir über den Platz laufen, blicke ich nach oben in den Frühlingshimmel und erkenne den Löwen.

Das Restaurant hat ein Glasdach und über sämtlichen Tischen sind gelbe Sonnenschirme aufgespannt. Tagsüber in der glühenden Sonne mag das ja sinnvoll sein, doch abends fühlt es sich komisch an, unter einem Sonnenschirm zu sitzen.

Wir bestellen grüne Chili-Enchiladas und einen Krug Sangria. Das ist ein Wein, der wie Fruchtbowle schmeckt. Mir gefallen die Orangen- und Apfelscheiben, die obenauf schwimmen.

»Das ist schön«, sage ich. Ich meine, es ist schön, allein mit meiner Mutter zu sein. Es ist das erste Mal, seit wir nach Los Alamos gekommen sind, dass wir beide allein sind.

»Ja«, sagt Mom. »Es ist sehr schön.«

»Es ist lange her.«

»Ja«, sagt Mom. »Und das wollte ich dir erklären, Davey.«

Immer wieder legt sie ihr Besteck um, den Löffel dorthin, wo die Gabel liegt, die Gabel dorthin, wo der Löffel liegt. »Ich habe bisher Angst gehabt, mit dir allein zu sein.«

»Angst?«

»Ja.«

»Aber warum?«

»Ich hatte Angst, dass du mir Fragen stellen würdest und ich keine Antworten darauf hätte. Ich hatte Angst, dass du über Daddy reden wolltest … und über den Abend, an dem er getötet wurde … und das hätte mir einfach zu wehgetan.«

»Ich wollte darüber reden«, bestätige ich. »Eine ganze Weile … und es hat mich verletzt, dass du nicht darüber reden wolltest.«

»Ich weiß«, sagt sie und streckt den Arm aus, um meine Hand zu streicheln. »Aber ich musste erst mal selbst damit fertig werden. Ich glaube, jetzt bin ich so weit … jetzt kann ich darüber mit dir reden.«

»Aber jetzt brauche ich es nicht mehr«, sage ich.

Die Kellnerin serviert unsere Enchiladas. Ich nehme einen Bissen; der grüne Chili verbrennt mir den Mund. »Ich musste auch damit fertig werden«, sage ich zu Mom. »Auf meine Art.«

Mom nickt. »Ich glaube, das mussten wir alle … jeder auf seine Art.«

Mein Rachen brennt höllisch und deshalb gieße ich mir noch ein Glas Sangria ein. Ich denke an Jane und frage mich, wie es ihr wohl geht. Sie würde bestimmt den ganzen Inhalt des Kruges innerhalb von fünf Minuten in sich hineinschütten. Ich hoffe, sie liest die Broschüren, die Miriam mir für sie mitgegeben hat.

»Ned hat mich gebeten, seine Frau zu werden«, sagt Mom ruhig, ohne von ihrem Teller aufzusehen.

Ich fühle mich, als ob mir jemand eine Bombe in den Schoß gelegt hat, die jeden Moment losgehen kann. Ich kann nicht schlucken.

»Aber ich habe Nein gesagt …«

Ich bin so erleichtert, dass ich Honig über meinen ganzen Teller schütte, anstatt auf das Sopapilla in meiner Hand.

»Es ist noch viel zu früh«, sagt Mom. »Ich mag ihn, aber ich liebe ihn nicht.«

»Er ist nicht mit Daddy zu vergleichen!«

»Niemand ist mit Daddy zu vergleichen … aber Daddy ist tot … und er kommt nie wieder.«

»Das weiß ich doch.«

»Ja«, sagt Mom. »Das weißt du wohl.«

Die Kellnerin räumt unsere Teller ab und fragt, ob wir noch ein Dessert bestellen wollen.

»Wollen wir uns einen Brotpudding teilen?«, fragt Mom.

»Okay.« Ich kann nicht umhin, mich darüber zu wundern, wie wir erst über meinen Vater sprechen und noch im selben Atemzug zusammen einen Brotpudding bestellen.

»Wann gehen wir wieder zurück nach Hause, Mom?« Ich halte den Atem an, aus Angst, sie könnte sagen, wir gehen nie mehr nach Hause zurück.

Stattdessen sagt sie: »Ich habe darüber nachgedacht … ich habe mir gedacht, wir sollten zurückfliegen, sobald das Schuljahr vorbei ist. Was meinst du?«

Was ich meine? Ich bin überglücklich! »Ich kann's kaum erwarten«, sage ich. »Ich kann's kaum erwarten, nach Hause zu kommen!«

»Wir werden das Haus und den Laden verkaufen müssen. Ich kann auf keinen Fall dorthin zurückgehen und außerdem werden wir jeden Pfennig brauchen, den wir dafür bekommen.«

»Das ist okay. Vielleicht können wir uns eine Wohnung in der Nähe vom Strand leisten.«

»Ja, das habe ich auch gedacht. Und ich werde mir Arbeit suchen müssen. Ich habe an Audrey geschrieben und sie glaubt, sie kann mir vielleicht behilflich sein, irgendetwas in einem der Hotels zu finden. Ich kann jetzt etwas Berufserfahrung nachweisen. Vielleicht komme ich in der Büroverwaltung unter.«

»Was ist mit Jason? Hast du es ihm schon gesagt?«

»Nein, ich wollte erst mit dir darüber reden.«

»Und Walter und Bitsy?«

»Auch noch nicht.«

»Was glaubst du, was sie sagen werden?«

»Ich glaube, Bitsy wird furchtbar enttäuscht sein. Sie wollte immer eine richtige Familie haben, und jetzt, wo sie eine hat, wird es ihr schwer fallen, uns wieder gehen zu lassen.«

Ich nicke. »Aber Walter wird froh sein.«

»Das bezweifle ich. Er hängt auch an uns.«

»An mir nicht.«

»Sogar an dir, Davey. Er ist bloß sehr inflexibel ... er sieht die Dinge immer nur aus seiner Sicht.«

»Ich bin froh, dass du keine Angst mehr hast, Mom.«

»Wer sagt denn, ich hätte keine Angst?«

»Heute Abend machst du nicht den Eindruck, als ob du Angst hättest.«

»Ich muss dir was beichten, Liebling ... ich habe dich als

Ausrede benutzt, um hierher zu kommen, und dann als Ausrede, um hier zu bleiben. Ich habe mir immer wieder gesagt, es wäre besser für dich und Jason, aber in Wirklichkeit war es nur besser für mich. Weil ich so große Angst hatte. Ich rannte ständig davon … rannte vor der Wahrheit davon … rannte vor der Verantwortung davon …«

»Hat Miriam dir das gesagt?«

»Nein … aber ich habe es durch meine Gespräche mit ihr herausgefunden.«

»Sie ist nett. Ich mag sie.«

»Das hab ich mir gedacht.«

»Daddy hatte vor nichts im Leben Angst, oder?«

»Das stimmt nicht, Davey. Er hatte Angst davor, etwas zu wagen, seine Begabung auszuleben. Angst, den Laden aufzugeben und eine Galerie zu eröffnen. Angst, als Ehemann und Vater zu versagen. Er war auch nur ein Mensch. Und das darfst du nicht vergessen.«

»Ich vermisse ihn so sehr.«

»Ich weiß. Ich doch auch.«

»Aber ich glaube, jetzt bin ich bereit, mein Leben weiterzuführen. Ich glaube, das hätte er gewollt.«

Mom lächelt. Es ist ein trauriges Lächeln und sie hat dabei Tränen in den Augen.

Ich fasse in meine Rocktasche und fühle den Stein.

»He … du isst ja den ganzen Brotpudding auf«, sage ich.

Mom blickt auf die leere Schüssel und wir müssen beide lachen.

Siebenunddreißig

Am Sonntagnachmittag gehen Mom und ich mit Jason spazieren und Mom erzählt ihm, dass wir bald nach Hause fahren. Er ist voller Fragen. Kommen Walter und Bitsy mit? Was ist mit Minka? Was ist mit Ned? Was ist mit der Schule? Was ist, wenn jemand versucht uns umzubringen?

»Niemand wird uns umbringen«, sagt Mom zu ihm.

»Aber was ist, wenn sie es doch machen?«

»Das machen sie nicht.«

»Atlantic City ist nicht sicher. Hier ist der einzige sichere Ort«, sagt Jason.

»Das stimmt nicht.« Mom sagt es mit fester Stimme.

»Ja, aber was ist mit meinen Plätzchen?«

»Du kannst auch in Atlantic City Plätzchen backen«, sagt Mom.

»Aber wer hilft mir dabei?«

»Ich werde dir helfen«, sage ich.

»Du?«, fragt er, als wäre das das Dümmste, was er jemals gehört hat. »Du kannst doch überhaupt nicht backen.«

»Ich kann es aber lernen«, sage ich.

»Wirklich?«, fragt er.

»Ja, wirklich.«

Den Rest des Tages über vermittelt Jason mir den Eindruck, als ob er sich jetzt, da er weiß, dass wir wieder nach Hause zurückgehen, innerlich darauf vorbereitet. Er scheint sich mehr an Mom und mich anzuschließen und sich von Walter und Bitsy zurückzuziehen. Kleine Kinder sind wirklich erstaunlich. Es scheint so, als ob sie sich an alles anpassen können.

Ich spüre, wie Mom sich vor dem Augenblick fürchtet, an dem sie es Walter und Bitsy mitteilen muss. Sie hat den Entschluss gefasst, es gleich nach dem Abendessen zu tun. Bitsy hat eine neue Nudelmaschine und fabriziert Vollkornspagetti. Die Soße köchelt schon den ganzen Tag vor sich hin und verbreitet ein herrliches Aroma im ganzen Haus, sodass ich schon lange vor der Essenszeit hungrig werde.

Während wir darauf warten, zu Tisch gerufen zu werden, bittet Jason mich darum, ihm ein Kapitel aus *Charlotte's Web* vorzulesen. Als wir am Tisch sitzen, bittet er darum, zwischen Mom und mir sitzen zu dürfen. Walter macht ein Gesicht, als ob er wüsste, dass etwas im Anmarsch ist.

Nach dem Abendessen, während Bitsy an ihrer zweiten Tasse Kaffee nippt, sagt Mom zu Jason, dass er draußen spielen gehen kann. Sobald er weg ist, sagt sie: »Ich muss euch etwas Wichtiges sagen.«

Walter und Bitsy tauschen viel sagende Blicke aus. Dann sagt Walter: »Du sollst wissen, dass Ned Grodzinski einer der anständigsten Menschen ist, die wir je kennen gelernt haben.«

Bitsy lächelt.

»Nein …«, sagt Mom, der klar wird, dass Walter und Bitsy mit ihrer Vermutung auf dem Holzweg sind. »Es hat nichts mit Ned zu tun. Es hat was mit uns zu tun … mit Davey, Jason und mir.«

Jetzt sehen Walter und Bitsy sich an, als ob sie fragen wollten: »Weißt du, worum es sich handelt?« »Nein, du vielleicht?«

»Ich kann euch gar nicht genug danken für all das, was ihr für uns getan habt …«, fängt Mom an.

Ich fühle richtig mit ihr. Mir würde es gar nicht gefallen, diejenige zu sein, die Bitsy die Nachricht überbringen muss. Mir wäre es lieber, wenn sie es einfach rasch aussprechen und hinter sich bringen würde.

»Wovon redest du, Gwen?«, fragt Bitsy.

»Es ist Zeit, dass wir gehen«, sagt Mom. »Es ist Zeit, dass wir uns ein eigenes Leben aufbauen. Wir gehen nach Hause. Wir gehen zurück nach Atlantic City.«

»Nein!«, sagt Bitsy.

»Wann?«, fragt Walter.

»Sobald das Schuljahr vorbei ist.«

»Aber das sind ja nur noch ein paar Wochen«, sagt Bitsy.

»Ja«, sagt Mom. »Ich weiß.«

Am Tisch entsteht ein unbehagliches Schweigen. Ich kann weder Walter noch Bitsy direkt ansehen. Ich spiele mit den Krümeln auf meinem Teller.

»Was wird aus den Kindern?«, fragt Bitsy. »Hier sind sie sicher. Du kannst sie doch nicht ständig hin und her zerren.«

»Das tue ich ja gar nicht«, sagt Mom. »Ich bringe sie nach Hause.«

»Aber Atlantic City … ist gefährlich … das sollte doch gerade dir einleuchten, Gwen.«

»Ich kann Sicherheit und Schutz nicht zu meinem ständigen Lebensinhalt machen«, sagt Mom.

Ich kann es kaum fassen, wie selbstsicher meine Mutter auf einmal klingt. Am liebsten würde ich aufstehen und ihr Beifall klatschen.

»Ich dachte, wir hätten alles getan, um euch zum Bleiben zu veranlassen«, meint Bitsy.

»Habt ihr auch«, sagt Mom zu ihr. »Ihr wart wundervoll. Beide. Ich glaube nicht, dass ich es ohne euch geschafft hätte. Aber jetzt ...«

»Wenn ihr für euch sein wollt, könnten wir euch doch helfen, hier eine Wohnung zu finden ... in Los Alamos ... und du könntest eine Dauerstelle im Labor annehmen ... und die Kinder müssten nicht schon wieder die Schule wechseln. Wir haben hier die besten Schulen von allen ... das sagt jeder ...« Bitsys Stimme versagt und mir wird klar, dass das Ganze schwerer sein wird, als ich mir vorgestellt habe.

»Ich kann nicht hier bleiben«, sagt Mom. »Bitte versteh das doch. Ich muss nach Hause gehen.« Auch sie ist den Tränen nahe. Ihre Stimme klingt nicht länger ruhig und sicher.

Bitsy steht auf. »Ich finde, du handelst selbstsüchtig und unfair«, sagt sie und erhebt dabei die Stimme. Dann dreht sie sich um und rennt aus dem Zimmer.

Eine ganze Weile sagt niemand etwas. Schließlich sagt Walter: »Sie will euch nicht verlieren.«

»Ich weiß«, antwortet Mom.

Achtunddreißig

Zum letzten Mal fahre ich auf Bitsys Fahrrad zur Schlucht. In der Fahrradtasche steckt ein Stapel Briefe, die ich an Wolf geschrieben habe.

Ich klettere langsam hinunter, genieße die Schönheit der Schlucht in dem Bewusstsein, dass ich sehr lange nicht zurückkommen werde. Dass ich vielleicht nie mehr zurückkommen werde. Ich möchte die Schlucht genau so in Erinnerung behalten, wie sie heute aussieht. Sie ist der Ort, an dem ich mich meinem Vater ganz nahe gefühlt habe.

Auf dem Grund huschen Eidechsen umher. Ich sitze auf einem Felsen und schaue ihnen zu; dabei spiele ich mit dem Tigerauge auf meiner Handfläche. Nach einer Weile stecke ich den Stein wieder in die Tasche, stehe auf und laufe hinüber zur Höhle. Ich lege die Briefe in die Höhle, neben den Steinhaufen über meinen Sachen. Auf den obersten Umschlag habe ich *Nur für Wolf bestimmt* geschrieben. Ich will, dass er diesen Brief zuerst aufmacht, denn darin danke ich ihm für das Tigerauge. Ich bin sicher, dass er eines Tages zurückkommen und meine Briefe finden wird, und dann wird er alles verstehen. Ich glaube ganz bestimmt, dass wir uns eines Tages wieder sehen. Nur ist es nicht heute.

Neununddreißig

Scheint ein guter Kauf zu sein«, sagt Walter zu Mom, während er auf dem Parkplatz des Automarkts, dem so genannten »Platz der Pannen und Pleiten«, ein Auto untersucht. Jeder aus Los Alamos, der ein Auto zu verkaufen hat, stellt es hier ab, und potenzielle Autokäufer kommen hierher, um das Gebrauchtwagenangebot zu begutachten.

»Der Motor sieht gepflegt aus, die Reifen sind noch gut und er verbraucht wenig Benzin«, sagt Walter.

»Ich mag die Farbe«, sagt Mom. »Und innen sieht er auch hübsch aus. Was meinst du, Davey?«

»Mir gefällt er«, sage ich. Es ist ein blauer Subaru und ich frage mich, ob es wohl derselbe Wagen ist, auf dessen Heck Jane sich an dem Abend, an dem wir mit Reuben und Ted ausgegangen sind, übergeben hat.

»Was meinst du, Jase?«

»Hat er vier Gänge oder fünf?«, fragt Jason, als ob er alles über Autos wüsste.

»Fünf«, informiert Walter ihn.

»Auf der Autobahn ist das besser. Stimmt's, Onkel Walter?«

»Das stimmt«, sagt Walter und zerzaust Jasons Haar.

»Soll ich ihnen ein Angebot machen?«, fragt Mom.

»Lass uns nach Hause fahren, sie anrufen und einen Termin für eine Probefahrt ausmachen«, sagt Walter.

»Okay … gut«, sagt Mom. »Und Walter … ich bin dir für deine Hilfe wirklich dankbar.«

Walter nickt und läuft mit Mom zum Blazer zurück. Jason rennt ihnen voraus und ich folge ihnen.

»Ist es wegen uns, Gwen?«, fragt Walter. Er weiß nicht, dass ich zuhöre.

»Nein«, sagt Mom.

»Ich habe nämlich darüber nachgedacht. Vielleicht habe ich mich doch zu stark eingemischt.«

»Du warst stark, als du für mich stark sein musstest«, sagt Mom. »Als ich selbst nicht stark sein konnte.«

»Wir werden dich und die Kinder vermissen«, sagt er.

»Vielleicht besucht ihr uns mal in Atlantic City«, sagt Mom.

Walter gibt keine Antwort.

Am Morgen unserer Abfahrt kommt Jane vorbei und sieht mir beim Packen zu. »Ich weiß nicht, was ich ohne dich tun werde, Davey«, sagt sie. Sie weint. Seit sie angekommen ist, weint sie.

»Du packst es schon«, versuche ich sie zu beruhigen. Aber ich glaube selbst nicht ganz daran. Mittlerweile hat sie zugegeben, dass sie ein Alkoholproblem hat. Sie hat einen Test gemacht, der in einer der Broschüren abgedruckt war, die ich ihr gegeben habe, und das Testresultat hat gezeigt, dass sie zum Alkoholismus neigt und tatsächlich schon eine Alkoholikerin sein könnte. Jetzt kommt es ganz auf sie an, ob sie zur Suchtklinik geht und sich helfen lässt. Letzte Woche habe ich zwei Beratungstermine für sie arrangiert, aber dann bekam sie es mit der Angst zu tun und sagte beide Termine ab. »Du machst dich zu abhängig von mir«, sage ich zu ihr. »Es ist gut, dass ich gehe. Es ist wirklich ungesund, zu abhängig von jemand anderem zu werden. Glaub mir … ich weiß, wovon ich rede …«

»Aber du bist meine einzige Freundin«, schluchzt sie, »und ich werde dich nie wieder sehen.«

»Natürlich wirst du mich wieder sehen«, sage ich. »Du kommst mich in Atlantic City besuchen. Es wird wirklich Zeit, dass du das Meer siehst.« Ich lache und versuche sie aufzumuntern, aber es nützt nichts.

»Ich werde nie irgendwas von der Welt kennen lernen«, sagt sie. »Ich werde den Rest meines Lebens hier in Los Alamos verbringen, genau wie meine Schwester. Ich spüre es.«

»Das musst du aber nicht, wenn du es nicht willst.«

»Ich will es ja nicht, aber ich habe Angst.«

»Du musst aufhören, Angst zu haben.«

»Du hast leicht reden.«

»Nein, das stimmt nicht.«

»Es tut mir Leid … ich habe es nicht so gemeint …«

»Ist schon in Ordnung. Vergiss es.«

»Davey …«, ruft Bitsy. »Bist du bald fertig?«

»Noch eine Minute«, rufe ich.

Jane und ich umarmen uns. »Ich bin froh, dass wir Freunde geworden sind«, sage ich zu ihr.

»Wirst du immer meine Freundin sein?«, fragt sie.

»Ja«, sage ich. »Immer.«

Als Bitsy mein Zimmer betritt, verstaue ich noch die allerletzten Sachen in meinem Rucksack.

»Deine Mutter wartet schon auf dich, Davey.«

»Ich bin so weit«, sage ich. Minka sitzt auf dem Bett und wundert sich, was hier eigentlich los ist. Ich nehme sie auf den Arm und schaue mich im Zimmer um. Es sieht genau so aus wie am Tag meiner Ankunft.

»Ich verstehe nicht, was Gwen eigentlich beweisen will«, sagt Bitsy. »Ich verstehe nicht, warum sie glaubt, das alles tun zu müssen.«

»La vida es una buena aventura«, sage ich, zufrieden mit mir selbst. Ich habe mehrere spanische Sprüche gelernt, und dies ist einer davon.

»Was bedeutet das?«, fragt Bitsy.

»Es bedeutet, dass das Leben ein schönes Abenteuer ist.«

Bitsy umarmt mich. »Manchmal ja und manchmal nein«, sagt sie. »Ich werde dich vermissen, Davey. Ich werde euch alle vermissen.«

Ich klopfe ihr auf den Rücken.

»Und ich werde mir solche Sorgen um euch machen.«

»Du brauchst dir keine Sorgen zu machen, Tante Bitsy. Uns wird es gut gehen.«

Vierzig

Jason rast den Strand entlang, sein Dracula-Umhang weht hinter ihm her. Mom und ich schweigen und lauschen dem Geräusch der Wellen, die sich am Kai brechen.

Hier in Atlantic City gibt es noch so viele Erinnerungen. Aber du kannst nie zurück. Niemals. Du musst die Scherben aufsammeln und nach vorne blicken.

Ich denke an Lenaya und Hugh. Wird es ihnen auffallen, wie sehr ich mich in diesem Jahr verändert habe? Werden auch sie sich verändert haben? Morgen werde ich es herausfinden. Es kann aber auch sein, dass ich es nicht herausfinden werde. Es gibt nämlich auch Veränderungen, die ganz tief auf dem Grund deiner Seele stattfinden. Und nur du selbst weißt davon. Vielleicht soll es ja auch so sein.